바늘 구멍으로 걸어간 낙타

바늘구멍으로 걸어간 낙타

구자명 에세이

우리글

조각글을 꿰어 내며

　어느 날 컴퓨터에 들어있는 문서 정리를 하다 보니 지난 십년 남짓 동안 이른바 '잡문'이라 분류할 짧은 글을 쓴 게 70편 가까웠다. 원고 분량이 아닌 편수로 치면 전공 분야인 소설 원고의 몇 곱절이다. 무명의 비인기 작가이지만 그래도 이런 유의 글을 청탁해 오는 곳이 더러 있어 나름대로 신명을 내며 썼던 글들이다. 특히 지금은 폐간되고 없으나 개성 있는 영성문화 잡지로 좋은 평가를 받던 월간 들숨날숨에 '뫼비우스의 띠'란 칼럼을 일 년 반 남짓 연재하던 때의 기억이 행복하고도 민망하다. 등단한 지 얼마 안 되던 때라 지면을 제공받는다는 사실이 너무 신나고 감사해 소설인지 수필인지 모를 글들을 용감하게 마구 써댔던 것 같다. 지금 다시 읽어 보니 의도하지 않은 가운데 딴에는 '에세이 픽션'이라 일컬어도 좋을 장르 개척(?)을 하지 않았나 싶다. 들숨날숨에 이어 서울 및 대구 교구 주보

등 가톨릭교회 매체들에 연재했거나 연재중인 글들, 일간 신문 및 문예지들에 발표한 글들을 50편만 추려 묶어 보았다.

　사람은 물론 산천마저 한 순간에 자취를 감출 수 있는 요즘 세상에 지난 십년 남짓 세월은 사실 별 것 아닌 시간일 수도 있다. 하지만 내게 있어 그 시간은 가족 세 사람과 가족이나 다름없는 소중한 지인 세 사람을 잃으며 살아낸, 삶과 죽음의 씨실 날실이 촘촘하게 교직된 매우 농축된 시간이었다. 그 중에서도 아버지 구상 시인의 별세는 내게 또 다른 세상을 열어 놓았다. 거목의 그늘이 없어지고 난 다음에 맞닥뜨린 땡볕과 갈증 속에서 나는 스스로의 그늘이 될 가지와 잎사귀를 만들어 내려 분투했지만 그 의지에 비해 성과가 미미하다.

　하지만 가시고 나서야 그분이 감당했던 자리가 얼마나 큰 것이었는지를 공감한 사람들과 함께 뜻을 세워 만든 기념사업회가 영등포구와 힘을 합쳐 '구상문학상' 제정의 결실을 보게 된 것이 큰 위로가 된다. 이 보잘 것 없는 글모음집이 그 일을 기뻐하며 아버지께 올리는 조촐한 제주祭酒 한 잔이 될 수 있으면 좋겠다. 이제 곧 한가위를 맞아 그 잔 속에 환한 달 떠오르면 그분의 화답하는 미소로 알리라.

올챙이 작가에게 귀한 지면을 제공하여 자유롭게 글과 놀도
록 해 주셨고 늘 독려를 아끼지 않으신 조광호 신부님께서 과
분한 추천사를 써주셨다. 감사한 마음 다 전하지 못한다. 또 학
교 일로 경황없으신 중에 꽤 많은 분량의 글을 읽고 추천사를
쓰는 쉽지 않은 성의를 베푸신 조창환 교수님께 깊은 감사를
드린다. '가사 외조'에는 등한한 편이지만 '그림 외조'가 필요
할 때는 기꺼이 최선을 다 하는 화가 남편과, 갑작스런 부탁을
마다하지 않고 멋진 제자題字를 써주신 정우일 시인께 고마운
마음 크다. 끝으로, 더 이상 어려울 수 없어 뵈는 현 출판계 현
실에서 별로 상업성도 없는 원고를 채택하여 알뜰하게 묶어주
신 '우리글' 김소양 대표께 훈훈한 우의를 느끼며 감사의 정을
전한다.

2009년 가을
구자명

차례

■ 5부 순수와 낙원의 시간

1부 사람의 과정

그들의 새벽

빛이 클수록 그림자도 뚜렷하고, 밝음이 강할수록 그 이면의 그늘도 짙다는 것을
생의 이런 저런 질곡을 겪어 온 웬만한 인생들은 모두 알고 있으리라.

새벽 네 시. 날카로운 전화벨 소리. 혼곤한 꿈자리를 간신히
헤집고 일어나 집어 든 수화기에서 들려 온 남자의 목소리.

"나다, 나. ㅊ."

어떤 외계적 영상이 눈앞을 스친다.

"…… 아, ㅊ 선생님, 어쩐 일로? 어디세요?"

"집이야. 니가 보내 준 작품 있제? 내가 얼마 뒤에 미국에 갈라
꼬 하는데, 그 술집 말이다, 거겔 어떻게 찾아가야 하는가 얘기해
봐라."

"무슨 술집이요?"

"와, 있잖아. 니 소설에 라틴어 이름 술집 나오잖아."

"아, 그거요. 그거 지어낸 거예요. 그런 데 없어요, 사실은."

"뭐야? 아니, 그기 새빨간 거짓말이라, 이기야? 비슷한 데라도

있겠지."

"아뇨. 비슷한 것도 없어요. 다 허구예요, 선생님."

"야, 이 사기꾼 놈아. 내 전화 끊을란다."

짤깍. 꿈의 연장인가 싶어 주위를 휘둘러보는 순간 새벽의 푸른 인광이 반투명 창문에 비껴 있고 맨발에 디뎌 선 방바닥이 차가웠다. 이 싸늘한 초봄의 새벽에 그 사람은 어째서 잠도 안자고 외국의 술집을 궁금해 하는가? 그는 정말 실망한 것 같았다. 그리고 목소리에 취기가 어려 있는 걸 보니 밤새워 술을 마신 듯 했다.

그때 남편이 부시시 일어나면서 물었다. "누구야?" "ㅊ 선생님." "새벽조 3호로군.'

새벽조 1호는 소설가 ㅇ 선생, 2호는 불교 승려 ㅎ이다. 새벽에 난데없이 전화가 울렸다 하면 어김없이 이 삼인조 중 한 사람으로부터다. 그래서 우리는 언제부턴가 이들을 새벽조라고 불러왔다.

ㅊ 선생이 그 신새벽에 당연한 권리를 행사하듯 안내를 요구했던 술집은 2년 전쯤 내가 어느 문예지에 발표한 〈영혼의 그림자〉라는 단편소설에 등장하는 카페 '움브레 아니매'이다. 움브레 아니매 Umbre Animae는 라틴어로 '영혼의 응답'이라는 뜻이다. ㅊ 선생이 왜 그곳을 찾고 싶어 했을까 궁금해 할 독자가 계실지 모르기에 그 '존재하지 않는 곳'에 대해 약간의 소개를 해볼까 한다.

움브레 아니매는 샌프란시스코 이탈리아 거리에 있는 어둡고 퇴락한 분위기의 싸구려 선술집이다. 환속한 가톨릭 수사가 운영하는 그곳에는 그 주인처럼 마음속에 깊은 그늘을 지닌 사람들이 단골로 찾아든다. 유학 왔다가 그곳 미술대학에 시간 강사를 나가며 고달픈 이방 생활을 꾸려 가는 화가 류, 그에게 누이 같은 친절을 베푸는 정체불명의 한국 여자 선녀, 구 소련체제에서 망명한 러시아 작가 안드레, 그와 함께 택시 운전으로 연명하는 체코인 사진가 조셉, 전공인 화산학 보다 시 쓰기에 열을 올리는 서인도제도 출신의 흑인 과학도 벤자민, 주인 토마스와 수도회의 옛 동료인 베트남 난민 출신의 신부 푸이 등이 그들이다.

그런 그들이 하루의 어스름 녘이면 약속이라도 한 듯이 모여드는 술집 움브레 아니매. 이들은 모두 각자의 그늘을 공통분모로 하여 서로와 교통하는 가운데 위안을 얻는다. 그곳에서 유일하게 그늘 없이 화창한 에너지를 발산하는 인물이 하나 있는데 그것은 불법 이민자 출신의 멕시코인 여종업원 마누엘라이다. 그녀는 단골손님들이 자신들의 그늘 속에서 허우적대고 있을 때 이따금 그늘 밖으로 불러내는 역할을 자기도 모르게 하곤 한다. 그녀가 태양의 나라에서 온 뮤즈라면 선녀는 이슥한 달의 나라에서 온 뮤즈이다. 이 달나라 뮤즈는 결국 바르도*의 영혼을 그 카페로 안내해 데려오는 영매자 역할을 한다. 죽은 자의 동생인 류만이 그 정체를 알아본다. 그 영혼의 그림자를……

고명하신 사회운동가인 ㅊ 선생. 얼마 전 매스컴에서 그의 '인간 승리'적 생애를 집중 취재하여 방영한 바 있기에 독자 중에 그가 누구인지 짐작하는 분도 계실 것이다. 그는 수십 년 전 교통사고로 전신화상을 입고 구사일생으로 목숨만은 건졌으나 핸섬했던 용모가 아기들을 울게 만드는 흉측한 몰골로 변해 버린 비운의 사나이다.

그러나 그는 열정적인 강연과 감동적인 저서들을 통해 수많은 이들에게 고통과 좌절을 딛고 새 삶을 찾을 희망과 용기를 안겨 주었다. 뿐만 아니라 그는 여러 사회봉사단체의 고문 및 대표로 활동하면서 우리 사회의 그늘진 곳에 방치된 불우한 사람들을 위해 끊임없이 애써온 사회사업가이며, 이 땅의 오염된 환경에서 자연과 격리된 채 자라나는 2세들을 위해 환경 친화적 대안교육을 연구, 제공하는 혜안慧眼의 교육자이기도 하다. 그는 또한 예술에 대해서도 깜짝 놀랄 정도로 깊고 예리한 감식안을 지니고 있는 예술애호가이다. 그는 사람들을 좋아하여 각계각층의 지인들이 그 주변에 끊이지 않으며, 대단한 애주가로서 풍류와 낭만을 그 어떤 '비非용모장애인'보다도 본때 있게 즐길 줄 아는 사람이다.

내 생각에 그는, 하루아침에 숯검댕이로 변해 버린 자기 존재를 놀라운 향광向光의 혼불로 지펴 올려 그 열과 빛으로 자신의 삶과 주변의 삶들을 덥히고 밝혀 온 우리 시대의 한 별이다. 이런 그가 모두가 잠들어 있거나 깨어 있다 하더라도 새 하루를 맞이할 준비를 하고 있을 새벽 네 시에 '영혼의 응답'에 들고 싶어 하다니! 나는 가슴 한 귀퉁이에 푸르게 맺혀 있던 멍울 하나가 한껏 부풀어 올랐다 터져버리는 걸 느꼈다.

소설은 허구이다. 소설가는 끝없는 거짓말을 통해 뭔가 한 가지 참말을 해보려고 애쓰는 사람이다. 그러기에 소설을 쓰는 나는 스스로도 그 궁극적 의미나 영향을 안다고 할 수 없는 허구의 이미지들을 내 속에서 길어 올리는데 골몰한다. 그래서 나온 것 중의 하나가 '움브레 아니매'이다. 빛이 클수록 그림자도 뚜렷하고, 밝음이 강할수록 그 이면의 그늘도 짙다는 것을 생의 이런 저런 질곡을 겪어 온 웬만한 인생들은 모두 알고 있으리라.

내가 부족한 필력으로 형상화하려 했던 인간의 숙명적 응답의 장場에서 우리는 오히려 휴식과 위안을 얻는 일이 없지 않다. 짓이겨 뭉뚱그려진 ㅊ 선생의 얼굴에서, 그의 의안義眼에서 나는 그늘을 읽어 낼 수 없다. 그러나 만남 뒤 헤어져 돌아서서 가는 그의 뒷모습에서 그가 그늘을 거느린 인간적 '빛'임을 깨닫는다.

나는 사랑한다. 새벽까지 잠들지 못하고 영혼의 응답을 소요逍遙하는 나의 새벽조 지인들, 그리고 모든 동병상련의 그대들을.

*불교에서 말하는 중음中陰의 세계, 즉 사람이 죽어 다시 태어날 때까지 머무는 세계.

사람의 과정

그렇구나! 나는 마음으로 무릎을 탁 쳤다.
사람은 생로병사의 모든 과정을 동시 진행할 수 있는 존재이구나!

새해 들어 종합병원 출입을 할 일이 네 번이나 있었다. 한 번은 늦둥이를 출산한 친구를 만나러, 한 번은 최근에 내 몸이 겪고 있는 모종의 갱년기 증상에 대한 검사를 받으러, 한 번은 수술을 받고 입원한 선배 문병을 하러, 마지막 한 번은 아는 댁 어르신이 별세하여 문상을 하러 갔다. 네 번째로 병원에 다녀오던 날 문득 예사롭지 않은 느낌으로 뇌리를 스친 생각은, 그 보름 정도 밖에 안 되는 짧은 기간에 인간 생로병사의 현장을 모두 방문했다는 것이었다.

아흔이 가까운 연세로 큰 병고 없이 비교적 평온한 상태에서 가신 어르신의 작고는 흔히 호상이라고들 부르는 그런 경우여서 별다른 느낌이 없었고, 또 나 자신의 늙어감을 의료적으로 확인한 몇 가지 검사는 약간 불안하긴 했으나 개선처방이 주어질 거라는 기대로 낙관의 여지가 있었다. 황당하면서도 자꾸만 입이 벌어지게 즐거운 것은 쉰의 나이로 딸 쌍둥이를 낳은 친구의 모습을 보았을 때였다. 직장 여성인 그녀는 이제 어떻게 그 핏덩이들을 길러낼지 걱정이 태산 같으면서도 제왕절개 수술 후유증으로 거동이 불편한 몸을 힘겹게 추슬러 기어코 아기들에게 초유를 먹이려고 애쓰는 모습이 잔 다르크와 마돈나를 합쳐놓은 듯 신성한 에너지가 넘쳤다.

감정적으로 가장 휘둘렸던 방문은 병상의 문단 선배를 찾았을 때였다. 간암 환자인 그는 지난 한 해동안만 네 번이나 받은 항암시술을 또다시 받고 누워 있다가 문병객을 보자 쉼 없이 치솟는 구토증에도 연방 웃어 보였는데, 그때 그 표정이 그가 자신의 작품들을 통해 다 갈파하지 못한 인간 삶의 어떤 비의秘意를 말하는 듯하여 위로랍시고 실없는 농담을 건네는 중에도 속으론 숙연한 기분을 금할 수 없었다.

고통을 참느라 새하얗게 질린 창백하고 여윈 얼굴과는 대조적으로, 무언가에 대한 열정으로 펄펄 살아 검게 불타는 눈빛에서 생로병사를 이미 내면에서 수없이 겪어내고 또다시 새롭게 출발하려는 역전歷戰의 의지가 강렬하게 느껴졌던 것이다. 아니나 다를까, 며칠 뒤 퇴원한 그는 함께 활동하는 문학동인모임 홈페이

지에 새 작품을 하나 완성해 올림으로써 출생신고를 또다시 갱신
하였다.

　그렇구나! 나는 마음으로 무릎을 탁 쳤다. 사람은 생로병사의
모든 과정을 동시 진행할 수 있는 존재이구나! 마치 병의 절정에
이른 그 선배가 순간순간 아프고 늙고 죽고 또 다시 태어나고 하
는 것처럼. 그러니 생 · 노 · 병 · 사, 그 어느 것 하나 삶 아닌 것
이 없지 않은가!

어떤 소명召命의 삶

그가 이 복잡다단한 세상에서 그처럼 단순 명징한 삶의 궤적을 보여줄 수 있었던 것은 이른바 소명召命의 작용, 즉 어떤 신비의 부르심이 있어서일까?

유난히 청명하고 상쾌한 날씨 덕에 삶이 모처럼 대가없는 축복처럼 느껴지던 며칠 전, 천주교중앙협의회에서 가톨릭 성경 출판기념회가 열렸다. 지난 3년여에 걸쳐 새번역 성서의 편찬에 우리말 및 윤문 위원으로 참여해 온 터라 나도 그 귀한 자리에 초대를 받아 여간 기쁘지 않았다.

설레는 마음으로 그날 행사장에 들어서니 그 역사적인 작업의 주인공이라 할 ㅇ 신부는 보이지 않고 그 부친께서 대신 자리를 잡고 계셨다. 물론 나는 그가 왜 그 자리에 없는지를 잘 안다. 그런데도 맨 앞 주빈석에 있어야 할 사람이 눈에 보이지 않자 나는 순간적으로 '어, 왜 안 보이시지?' 하고 찾고 있는 자신을 발견했다. 곧이어 그의 부재가 이미 오래된 일임을 상기한 나는 그 투철하고 의연했던 삶에 경의를 표하며 새삼 마음의 옷깃을 여몄다.

ㅇ 신부. 그는 2003년 3월 선종한 그 순간까지 오로지 한국 가톨릭 성경 편찬을 위해 자기 존재를 아낌없이 불사른 사람이다. 불교에 살신공양殺身供養이란 말이 있지만, 그야말로 그러한 표현이 적용될 수 있는 몇 안 되는 현대인이 아닐까 싶다. 1977년 이래 공동번역 성서를 사용해 오던 한국 천주교가 단독적으로 착수한 성경전서 새번역 작업에는 무려 17년이란 세월이 소요되었다. 그 유장한 작업을 그는 시작부터 끝까지 주관했을 뿐 아니라 그 일을 하기 위한 능력을 갖추기 위해 청소년기 이후의 세월을 가톨릭 사제로서의 수련기를 빼곤 신학 및 성서학 공부에 몽땅 바쳤다.

로마에서 성서학 박사 학위를 하고 돌아온 즉시 그는 그 일에 투입되었고, 다른 어떤 것에도 한 눈 팔지 않은 채 나날의 일상을 오로지 그 목표를 위한 헌신으로 채워 나갔다. 그가 병원에서 위암 말기 진단을 받았을 때는 성서의 마지막 책인 요한묵시록에 대한 주해註解 작업의 교정을 끝낸 직후였는데, 병석에서조차도 그는 성서합본 편찬 작업을 염려하고 지도하기를 멈추지 않았다. 그리고 반년도 채 못 되어 자신이 살아온 삶에 대해 아무런 후회도 자랑도 없이 하늘나라로 떠났다.

아쉬워 할 것도 내세울 것도 없이 그저 자신이 태어나 살도록

'주어진' 삶을 살뿐이라는 듯한, 그 담담함과 의연함이란! 나는 과문해서인지 그토록 철저하게 단일한 생의 목표를 지닌 사람, 더구나 그토록 순열純熱하게 그 목표를 살아 내는 사람을 별로 알지 못한다. 그가 이 복잡다단한 세상에서 그처럼 단순 명징한 삶의 궤적을 보여줄 수 있었던 것은 이른바 소명召命의 작용, 즉 어떤 신비의 부르심이 있어서일까?

소명은 커녕, 보다 세속적인 뉘앙스의 '사명' 이란 말조차 부담스럽게 느끼는 부류인 나는 내가 선택한 삶의 방식에 대해 조석으로 회의하고 딴청부리고 꾀 피울 궁리를 하면서 살아가기에 ㅇ 신부의 삶은 참으로 신기하게 다가온다. 그러기에 그를 떠올리면 늘 내 안에서 수많은 물음들이 일어나곤 한다.

그는 언제 어디서 어떤 식으로 소명을 받았을까? 그가 소명을 받지 않았다면 그러한 길을 걷지 않고 전혀 다른 식의 삶을 살았을까? 다른 식의 삶을 살았다면 소명하고는 상관이 없게 되는 걸까? 소명을 받은 삶은 그렇지 않은 삶과 어떻게 다른 걸까? 그냥 평범하게 하루하루 먹고사는 일이나 해결하는 사람은 하늘로부터 부여받고 태어난 소명이란 것이 없는 걸까?

이런 물음들을 곱씹다 보면 더러 나 자신의 삶도 돌아보게 되는데, 어떨 때는 그 내용 없음과 맹목성에 섬칫 놀라게 된다. 그냥 원고료라는 금전적 대가나 바라고 글을 쓰거나 작가라는 사회적 명목에 값하기 위해 글을 쓰는 일이 대부분이기 때문이다. 내 삶이 갖는 궁극적 목표라든지 나라는 개체에게 하늘이 부여한 존재의 사명이라든지 하는 것을 염두에 두고 글을 쓰는 경우란 글쎄, 무의식의 활동사진이라는 꿈속에서나 있을까?

하여튼 이처럼 '소명 없이' 사는 존재인 나도 그날 출판기념회에서 증정 받은 역사적인 출간물, 한국가톨릭교회의 공식 새번역 성경을 받아 들자 가슴을 세차게 두드리는 어떤 감격에 눈시울이 더워졌다. ○ 신부가 스스로 소명으로 받아들인 것을 그처럼 투철하게 살아 내지 않았더라면 우리나라 교회사에 우뚝 솟을 새 성경 출간은 얼마나 더 훗날을 기약하게 되었을지 모를 일인 것이다.

역사란 곧 소명 가진 사람들이 살아 낸 삶의 총합이라는 생각이 들며, 나의 안이한 비역사적 삶이 문득 부끄러워지던 가을날 오후였다.

진짜의 얼굴

종업원이 다시 '짜장, 우동, 짬뽕 몇 그릇' 을 외쳤으나
그는 이번에도 먼저 주문 들어온 짜장 두 그릇 분의 국수만 뽑을 뿐이었다.

하도 사이비가 많은 세상이라 어쩌다 전혀 기대치 않은 상황에서 진짜를 만나면 거의 횡재한 듯한 기분이 든다. 그런데 그 '진짜' 란 것은 대체로 소박한 얼굴을 하고 있다는 사실 또한 흥미롭다.

내가 사는 도시에서 머지않은 서해안의 한 작은 포구에 아주 인상적인 중국집이 하나 있다. 얼마 전 친구와 함께 그 근방에 새로 생긴 대중온천탕에 갔다가 목욕 후 출출해진 속을 채울 곳을 찾아 어슬렁거리던 중 발견한 집이었다.

주말 나들이 삼아 가까운 포구를 찾는 인근 도시인들을 상대로 장사하는 제법 번드르한 횟집들이 주욱 늘어서 있는 선창가 한 모퉁이에서 전혀 동떨어진 분위기의 업소 하나가 눈에 띄었다. 흰 칠을 한 양철 간판에 깨끗한 서예체 글씨로 '선창반점' 이라고

쓴 그 집을 보는 순간 나는 어떤 미묘한 개성의 기미를 감지하고 '왕새우 구이' 운운하며 두리번거리는 친구를 그리로 이끌었다.

낡은 적산가옥을 일부 개축하여 들어앉은 그 업소는 천장이 나지막하고 테이블이 둘 밖에 없는 협소한 홀의 한 켠으로 쬐끄만 방이 둘 딸린, 아주 소박한 규모의 시골 식당이었다. 그러나 음식을 시키고 기다리는 동안 찬찬히 둘러보니 군더더기 없이 정갈하고 조촐한 내부 꾸밈새가 깨끗이 빨아 잘 손질해 놓은 헌 옷처럼 편안한 느낌을 주는 것이 나름대로 어떤 분명한 안목을 지닌 사람의 손길이 작용했음을 알 수 있었다.

이즈음의 몰개성적이고 무성의한 대중음식점들에 넌더리가 나 있던 나는 그 집 주인에 대해 흥미가 일기 시작했다. 주방 쪽으로 시선을 돌리니 홀과의 사이에 커다란 음식 배출구가 뚫려 있어 안이 잘 들여다보였는데, 중국집 부엌 하면 흔히 떠올리게 되는 어두침침하고 어지럽고 위생상태가 의심스러운, 그런 것이 아니라 굉장히 정리정돈이 잘 돼 있고 깔끔해 보이는 주방이었다. 거기서 하얀 가운과 높다란 조리사 모자를 쓰고 일하고 있는 주방장은 50대 중반쯤 되어 보이는 깐깐한 인상의 남자였는데 한눈에 그가 곧 주인임을 알 수 있었다.

부인인 듯 보이는 얌전한 인상의 보조 아주머니에게 뭔가 전문

가적 지시를 하고 난 그 주방장 겸 주인아저씨는 우리가 시킨 짜장면과 짬뽕 한 그릇을 위한 분량의 밀가루 반죽을 떼어 철썩거리며 수타면을 뽑기 시작했다. 도중에 종업원이 전화로 배달 주문을 받아 '짜장면 두 그릇'을 주방에다 외쳤으나 그는 딱 우리 몫의 국수만 뽑고 돌아서서 불판으로 다가갔다.

뒤돌아선 그의 팔이 춤을 추듯 리드미컬하게 움직이면서 중국 음식 특유의 향내가 코를 찌르더니 잠시 후 김이 모락모락 나는 음식이 맵시 있게 담긴 그릇이 우리 앞에 놓여졌다. 음식은 풍미가 담백하면서도 감칠맛이 나는, 썩 괜찮은 것이었다. 조미료 같은 걸 쓰지 않고 신선한 재료를 풍부하게 사용하여 조리원칙을 제대로 지켜 만든 정직한 음식이었다.

나는 우리가 첫 젓가락을 입에 가져갈 때 주방장이 부엌에서 지켜보고 있음을 눈치 챘다. 자신이 만든 음식에 대한 손님의 반응을 살피는 것이었다. 우리가 만족해하는 것 같으니까 그 역시 흡족한 표정을 짓고 배달주문 들어 온 짜장면 국수를 뽑기 시작했다. 그러는 동안 또 한 무리의 손님들이 들어와서 방으로 들어갔다.

종업원이 다시 '짜장, 우동, 짬뽕 몇 그릇'을 외쳤으나 그는 이번에도 먼저 주문 들어온 짜장 두 그릇 분의 국수만 뽑을 뿐이었다. 웬만하면 한꺼번에 뽑아서 처리할 만한데 결코 그러지를 않는 것이었다. 그래서인지 음식 나오는 시간이 보통 중국집보다 조금 오래 걸렸다. 그러니까 그는 주문된 모든 음식을 절대 서두르는 법 없이 한 그릇 한 그릇을 처음이자 마지막인양 공들여 만드는 듯 했다. 한마디로 장인정신이 투철한 사람이라 여겨졌다.

우리가 음식 값을 치르면서 아주 맛있게 먹었다고 인사를 하자 그는 자그마한 얼굴에 온통 주름을 잡으면서 정말 기뻐하는 눈빛으로 활짝 웃었다. 그것은 바로 '진짜'의 얼굴, 소박한 충일充溢의 모습이었다.

우리는 누구와 사랑하는 걸까

애초에 사랑을 하지 않았다면 그런 회한도 결렬의 아픔도 겪지 않을 텐데,
왜 우리는 자꾸 사랑을 하는 걸까?

가끔 이런 상상을 해 본다. 창세기에 하느님께서 남자와 여자의 시조인 아담과 이브를 창조하실 때 각각 분리된 개체가 아닌, 한 몸 안에 두 성性이 공존하는 형태로 만드셨다면 어땠을까? 그랬다면 아마 인간은 자웅동체의 달팽이처럼 지리멸렬하긴 해도 양성兩性의 절대 조화 속에 갈등 없이 살아가는 존재가 되었을지 모른다. 최소한 지금의 우리처럼 언제 어느 때 '전쟁 상황'에 돌입할지 모르는 그런 불안한 관계는 아닐 것이다. 아담과 이브 이래 우리가 거쳐 온 남녀관계의 역사는 상호소모적인 불행을 내재한 고통스러운 사랑의 역사이다. 우리는 열렬히 사랑하다가도 서로에 대한 이해 부족으로 끊임없이 번뇌하고 다툰다. 그러다가 급기야는 부글부글 끓어오르는 애증에 시달리고 지친 나머지 쓰라린 회한을 품고 서로에게서 등을 돌리기도 한다. 애초에 사랑

을 하지 않았다면 그런 회한도 결렬의 아픔도 겪지 않을 텐데, 왜 우리는 자꾸 사랑을 하는 걸까? 최근에 위기의 부부가 된 한 친구의 하소연을 듣고 나니 나 자신의 상황에 대해서도 새삼 돌아보게 된다.

친구의 남편은 수년 전에 계단에서 넘어져서 뇌의 한 부분에 타격을 입었다. 다행히도 수술이 잘 되고 회복도 순조로운 편이라 지속적으로 약만 복용하면 거의 정상적인 생활이 가능하게 되었다. 그러나 다치기 전과 달리 스트레스 상황을 헤쳐 나가기에는 신경계 균형이 불안정하고 또 불시에 발작을 일으킬 수도 있어 직장도 접고 취미활동으로 소일하는 처지가 되었다. 원래 맞벌이 부부였던 그 가정은 이제 친구의 경제활동에 전적으로 의지하게 된 만큼 이전처럼 여유롭진 못하지만 아이들도 이제 웬만큼 다 성장한 터라 생활에 큰 어려움은 없었다.

그런데 근년 들어 친구의 남편은 불안한 몸 상태에도 아랑곳없이 알코올에 자신을 방기하는 일이 잦아졌다. 친구는 눈물로 호소하며 달래기도 하고 때론 계속 이러면 헤어질 수밖에 없다며 자극을 주기도 하는 등 갖가지 방법으로 남편을 회유하려 애썼지만 때마다 반성하고 버릇을 고치겠다고 약속하는 그 당장 잠시뿐이었다. 그는 언제 맹세했냐는 듯 곧 다시 고질적인 음주 습벽에 함몰되어 가정의 평화와 자기 심신의 건강을 망가뜨리곤 한다는 것이다. 얘기 끝에 친구는 쓸쓸하게 덧붙였다. "남편이 내가 아니기 때문에 나 자신처럼 생각하고 느끼지 못하는 것이 그의 한계이듯, 나도 그가 아니기 때문에 그 자신처럼 생각하고 느끼지 못하는 나의 한계가 있는 거지."

친구는 남편과 헤어지고 싶다고 말한다. 그러나 남편을 여전히 사랑한다고도 말한다. 남편도 자신을 여전히 사랑한다는 걸 알기 때문에 둘이 헤어지면 그가 얼마나 더 망가질 지도 안다고 한다. 그걸 알면서도 헤어지면 자신은 또 얼마나 불행할까를 생각하면 억장이 무너진다고 한다.

나는 그녀가 결론을 짓는 데 아무 도움도 줄 수 없었다. 하지만 그녀의 이야기를 들은 이후로 머릿속에서 계속 맴도는 생각이 있다. 우리는 누구를 죽도록 사랑하기도 하고 사랑한 만큼 미워하기도 하지만 그 상대의 깊은 진실, 즉 그 사람 심연의 욕구나 결핍에 대해서는 아는 게 거의 없이 그러는구나! 이것 참 문제로구나. 옛 성인이 말씀하신 '오래 참는' 사랑을 하려면 뭔가 좀 더 알아야 할 텐데······.

'고향마을'의 보드카

웃고 난 다음에 웬일인지 눈 한 귀퉁이가 축축이 젖어 왔다. 어둑신한 고향마을을 등지는 발걸음이 속없던 '관광객'의 가벼운 걸음이 더 이상 아니었다.

며칠 전 어느 일간지에서 러시아 남성의 70%가 음주 때문에 사망한다는 기사를 읽고서 그들 역시 우리만큼이나 '술 권하는 사회' 증후군에 시달리고 있는 것이리라 생각했다. 솔직히 말해 나도 여자치고는 '한 술' 한다는 소리를 듣는 축이어서 러시아 주당들에 대한 그러한 비극적 통계가 남의 일 같지만은 않다. 그런데 내가 사는 도시 안산에서 우연히 사귀게 된 한 사할린 이주민을 떠올리노라니까 그것은 결국 술 자체보다는 급변하는 사회 환경에서의 실존적 적응의 문제라고 여겨졌다. 달포 전 내가 만난 사할린 동포 손 씨 할아버지도 이제야말로 안정을 누려야 할 인생의 황혼기에 또 하나의 실존적 도전과 맞닥뜨리게 된 그런 불안한 현대인 중의 한 명이었다.

그날은 날씨가 화창한 일요일이었다. 이웃에 사는 조카네 식구들과 점심을 먹고 나자 어디든 드라이브 삼아 한 바퀴 돌자는 얘기가 나왔다. 전날 밤 나는 러시아 단편문학선을 뒤적이다가 고골의 〈코〉란 작품을 오랜만에 다시 읽었었다. 그 도입부에서 이발사 이반이란 자가 아침식사로 파와 빵을 먹는 대목이 나오는데 그게 내 무의식에 어떤 작용을 했던지, 그날 밤 푸시킨의 시가 낭송되는 카페에서 러시아 사람들하고 빵과 파를 먹으며 떠들고 노는 어처구니없는 꿈을 꾸었다. 그쯤 되고 보니 최근 안산시에 들어선 사할린 이주민 단지에 가면 고골이나 푸시킨은 아니더라도 뭔가 러시아스러운 것을 접할 수 있지 않을까 하는 막연한 기대가 일었다. 그리하여 나는 대부도나 제부도 같은 바닷가로 가고 싶어 하는 조카 내외를 꼬드겨 '고향마을' 관광에 나섰다.

고향마을은 그 이름이 풍기는 분위기와는 달리 갯벌을 간척한 땅에 급조된 영화세팅처럼 꽤나 어설픈 풍경을 이루며 서 있는 고층 아파트 단지였다. 그래도 단지 안으로 들어서니 입구에 관리사무실을 겸하는 주민회관이란 게 있었고 그 주위로 소규모의 상가와 함께 정자형 쉼터가 몇 군데 조성되어 있었다. 정자 벤치에는 우리나라 어디서나 볼 수 있는 노인들의 모습과 다를 바 없는 할머니 할아버지들이 삼삼오오 앉아서 이야기를 나누고 있었다.

우리는 '관광객' 답게 조심스런 태도로 접근하여 몇 가지 일반적으로 궁금해 할 만 한 사항들을 질문했고, 그들은 약간의 경계하는 기색과 함께 좀 의외다 싶게 심드렁한 태도로 응대해 왔다. 어떤 이들은 한국말이 유창했고 어떤 이들은 떠듬거리는 수준이었는데 자기들끼리는 러시아어로 소통하는 걸 더 편해 하는 듯했다.

은근히 기대했던 것과 달리 별 흥미로운 얘깃거리나 정보가 얻어걸리지 않자 우리는 그 자리를 떠나서 단지 내를 한 바퀴 산책하기 시작했다. 그러다가 어느 아파트 현관 앞에서 혼자 담배를 피우며 먼 허공을 바라보고 있는, 몹시도 황량한 표정의 노인을 만났다. 처음 만나는 사람들이 주고받는 의례적인 인사말을 포함한 몇 마디 끝에 나도 모르게 튀어나온 뜬금없는 물음이 화근(?)이 되고 말았다.

"할아버지, 보드카 좋아하세요?"

"아, 그럼. 최고지. 요즘 안 마신지 꽤 됐어."

"저도 좋아해요. 여기서 구하긴 어렵지만."

"그래? 지금 우리 집에 올라가면 몇 병 있어. 같이 한 잔 하겠수?"

이에 조카와 나는 웬 횡재냐 싶어, 함께 온 아이들과 그의 임신한 아내를 택시에 태워 먼저 집에 보내는 반칙을 감행하며 초면

에 염치 불구 그 할아버지가 가르쳐 준 호수의 아파트로 올라갔
다. 그리하여 대한민국 경기도 안산시 고향마을 18평 아파트 공
간에서 벌어진 대낮의 보드카 향연은 봄날의 짧지 않은 해가 뉘
엿 기울며 베란다 창에 불그레한 잔광을 드리울 때까지 이어졌는
데……

쓸쓸해 보여 혼자 사실 걸로 생각했던 것과 달리 곱상하고 상
냥한 마나님이 계셨고, 우리는 그 할머니가 냉장고에서 한국식
밑반찬 몇 가지에 이어 주르르 꺼내놓는 안주에 입이 딱 벌어졌
다. 우선 사할린서부터 그 먼 길에 어떻게 챙겨 왔는지 모를 훈제
청어 절임이 중앙에 자리 잡고 그 주위로 연분홍빛 연어포, 러시
아 검정빵, 그리고 깨끗이 씻어 뿌리만 떼고 그대로 내놓은 한 소
쿠리의 대파 줄기가 놓이자 자그만 식탁이 금세 풍성한 주안상으
로 변했다.

할아버지가 우리 소주잔보다 조금 큰 잔에 보드카를 따라놓고
러시아식 음주법을 시범 보이셨다. 먼저 잔에 담긴 술을 '원 샷'
으로 들이키고 검정빵에 훈제 청어살 한 점과 적당 크기로 뜯어낸
파를 끼워 안주로 드셨다. 빵과 파라니! 나는 전날 밤의 꿈을 떠올
리며 고골을 아시느냐고 했더니 선박 엔지니어를 했다는 그 할아
버지는 정말 안다는 건지 그냥 그러는 건지 모르게 고개를 주억거

리며 눈 딱 감고 '원 샷' 해치운 내 잔에 술을 다시 채우셨다.

그렇게 몇 순배 돌고 나자 나는 어지간히 몽롱해진 상태에서 그것도 무슨 나라 사랑이라고 소주 찬양론을 폈는데 옆에서 가만히 듣고만 계시던 우리 조신한 할머니께서 한 마디 하셨다.

"소주도 보드카처럼 흰(무색) 술이라서 우리 북방 사람들한테는 맞다던데, 그래도 그저 사이다 맛 같아서⋯⋯."

그렇다. 보드카에 비해 소주는 그저 달달한 음료수 정도로 느껴질 것이었다. 그날 손 씨 할아버지 댁에서 주고받은 대화중에는 그 사할린 동포 2세 부부가 러시아·일본·중국·한국 그 어느 곳에도 소속되지 않은 영원한 이방인으로서 한평생 어떠한 푸대접을 받으며 얼마나 고된 삶의 역정을 걸어 왔는지가 눈물겹게 다가오는 얘기들도 없지 않았다. 하지만 그 뜻하지 않은 자리가 있은 후 며칠간 내 머리 속을 맴돌던 화두는 엉뚱하게도 '보드카 문화와 소주 문화 사이에는 어떠한 간극間隙이 존재할까' 하는 것이었다.

보드카와 소주가 격랑의 한 세기를 막 넘어선 러시아와 한국의 문화가 갖는 정서적 기조를 각각 상징한다고 볼 때 그 둘 사이에는 좁은 듯 넓고, 얕은 듯 깊은 간극이 존재한다고 말할 수 있을 것이다. 그리고 그 간극에서 오는 문화적 갈등이 다른 모든 적응상의 어려움들과 함께 만만치 않으리라는 것은 오매불망 그리던 고국 땅에 마침내 정착한 손 씨 할아버지의 얼굴에서 그날 한 잔 낮술을 즐기는 동안에도 끝내 사라지지 않던 불안한 그늘이 이미 말해 주고 있었다.

땅거미가 이슥히 내려앉은 거리로 나오면서 조카가 내게 말했다.

"보드카가 화끈하긴 한데 너무 독한 데다 구하기도 힘드니 다음에 찾아뵐 땐 소주를 좀 사가는 게 어떨까요?"

"좋지. 안주론 파나 한 단 사가고?"

우리는 마주보고 한참 웃었다. 그러나 웃고 난 다음에 웬일인지 눈 한 귀퉁이가 축축이 젖어 왔다. 어둑신한 고향마을을 등지는 발걸음이 속없던 '관광객'의 가벼운 걸음이 더 이상 아니었다.

바이칼과 데카브리스트

괜찮아, 너희가 어찌 살든 나는 다 받아줄 수 있어.
나는 큰 물, 큰 흐름이니까.

연일 삼십 몇 도를 오르내리는 무더위와 후끈 달아오른 올림픽의 열기 속에서 신음과 환호를 번갈아 내지르며 지내는 나날이다. 그러다가 몸과 마음이 견딜 수 없이 더워지면 얼음물을 채운 대야에 발을 담구고 얼마 전 7박 8일 일정으로 다녀 온 여행을 머릿속에서 천천히 되새김질 한다. 그 여행지의 광대무변하고 푸르고 맑고 차가운 자연을 생각하노라면 어느덧 몸의 땀이 잦아들고 마음은 시나브로 고삐가 풀려 현실과 신화적 상상의 세계를 자유로이 넘나들기 시작한다. 시베리아 ― 올 여름 나의 피서 주문呪文은 그것이다.

팔월의 시베리아는 찬란했다. 또한 대단히 신비로웠다. 거기서 모든 몽골인종의 발원지이며 유라시아 유목민족들의 신화적 산실로 알려진 '큰 물'을 만나는 순간, 서기 2008년 지구별 동북아

대륙의 끝자락에 달린 작은 반도국에서 주거하던 한 인간은 타임머신을 타고 수 만년을 거슬러 올라가 낯선 야생의 시공을 살기 시작했다. 그로부터 한 닷새 동안 내가 떠나온 곳, 즉 서울에서의 일상을 신기하리만치 깡그리 잊고 나는 대자연이 초대하는 환상비행에 사뿐히 합류했다. 지켜야할 약속이 없다는 것, 그 하나만으로도 내 실존의 중력은 절반으로 줄었기에 그러기가 별로 어렵지 않았다.

바이칼! 세계에서 가장 오래 되고, 가장 크고, 가장 깊은 담수호인 그 '큰 물'은 명성에 걸맞게 가장 청정하고 매혹적인 자연을 주위에 거느리고 있었다. 덜컹거리는 비포장 길을 승차감 제로의 러시아 지프차로 엉덩이에 멍이 들도록 달리고 달려도 시야에서 사라지지 않는 자작나무와 소나무 숲. 짧은 여름 한철 최대한 생명의 환희를 노래하고 후대를 기약하기 위해 제 생애 최고의 빛깔과 모양으로 피어나 너른 대지에 오색 융단을 펼치고 있는 갖가지 들꽃의 파노라마. 소실점이 없는 듯 여겨질 정도로 길 양편으로 둥그렇게 휘어진 지평선 아래 끝없이 펼쳐진 푸른 초지에서 완전한 자유를 누리며 풀을 뜯고 있는 소와 양과 말의 무리들. 각양각색의 형상을 연출하며 유유히 흐르는 구름만 아니라면 물과의 경계를 구분하기 힘들 정도로 투명하게 푸르른 하늘……

그리고 알혼 섬. 바이칼 한 가운데 계란 노른자처럼 떠 있는 그 섬은 칭기즈칸이 사후에 그곳에 무덤을 썼다는 브리야트 족의 주장에 충분히 수긍이 가고 남을 정도로 태고의 영기靈氣가 감도는 공간이었다. 우리말로 혼알魂卵이 알혼이 된 게 아닐까 싶게 주관과 객관의 경계가 모호한 상태가 되어 이곳 원주민인 브리야트 족이 고대로부터 제사를 올려 왔다는 '삼형제 바위'의 벼랑 위에 서니, 이제 내 의식의 타임머신은 아예 되돌아갈 계획이 없는 듯했다.

그 벼랑 아래 거울 같은 천길 물속으로 몸을 던지면 이름도 어여쁜 바이칼 새우 '예쁘슈'들이 순식간에 내 몸을 말끔히 분해하여 형체는 없으나 영원불멸하는 물의 정령이 되거나, 아니라면 브리야트판 심청전의 주인공처럼 '금빛 비늘을 가진 물고기로 환생하여 신들의 세계에 들어가게' 될 지도 몰랐다.

나는 그 벼랑 위에 앉아 고대의 제사장들이 신탁을 청하며 그랬을 것처럼 내 평생 처음으로 '우리 민족의 앞날'을 바이칼 신령들께 여쭈며 바람 소리에 귀를 기울였다. 그때 난데없이 피아노 음악 소리가 날카롭게 귓전을 스쳤다. 돌아보니 함께 온 일행 중 누군가가 서울에서 온 전화를 로밍 폰으로 받고 있었다.

그 즉시 나의 환상과 꿈은 산산이 흩어지면서 집에 돌아가면 당장 처리해야 할 일들이 앞 다투어 의식의 수면위로 떠오르기 시작했다. 아, 신탁의 영접은 나 같은 일상적 인간에게 허락된 영역이 아니었다. 그토록 웅혼하고 신성한 자연과 마주하여서도 나는 본질적으로 '자기살이'의 틀을 벗어날 수 없는 존재라는 걸 깨달아야 했고, 나뿐만 아니라 대개의 인간들이 그러하며 역사적으로도 그러했다는 것을 다음 탐방지에서 확인하게 되었다.

시베리아에서 엿새 째 되던 날 우리 일행은 이르쿠츠크 시내로 나와 〈데카브리스트 발콘스키 박물관〉이란 데를 방문했다. 데카브리스트란 '12월의 당원'이란 뜻의 말로 소비에트 공산혁명의 단초가 된 1825년 12월 반란에 가담한 제정러시아의 젊은 장교들을 일컫는 호칭이다.

세르게이 발콘스키는 그들의 지도자급 인사로 거사가 실패로 끝난 뒤 5명의 주모자가 처형당하고 120명이 시베리아로 유배될 때 함께 쫓겨 왔다. 하지만 워낙 지체 높고 공훈 있는 가문의 귀족인 그는 20kg이 넘는 족쇄를 차고 중노동의 징역을 살아야 했던 대부분의 다른 유배자들과 달리 화려한 대저택에서 학문과 문화예술 활동을 계속 하며 수십 명의 하인을 거느리고 유배전만은 못하지만 일정 수준의 안락과 풍요를 누리는 생활을 하였다.

그 이율배반적 삶의 면면을 잘 보존하고 있는 박물관을 둘러보고 나자 인간사회의 모순성에 일종의 욕지기가 치받쳐 올랐다. 함께 반란을 도모했는데, 누구는 얼어붙은 광산에서 쇠고랑을 찬 채 노동하다 아무도 모르게 죽어가는 동안, 누구는 우아한 저택 에서 세계에 두 대밖에 없다는 포르테피아노가 있는 방에서 음악 회가 열리고 연극과 문학의 밤이 번갈아 이어지는 유럽식 살롱문 화의 주역으로 살았다는 사실이 믿기지가 않았다.

그러고도 그는 친척인 톨스토이의 작품을 통해 불멸의 인물 ('전쟁과 평화'의 안드레이 발콘스키)로 세세에 남게 되다니! 또 바로 그러한 문제적 삶 덕분에 문화의 불모지였던 시베리아가 문화적 지역발전을 앞당겨 보게 되었다니, 얼마나 아이러니인가.

나는 끝이 좋으면 다 좋다는 결과론을 역사 속의 문제적 인간 들이 자기모순과 오류를 정당화하기 위해 내세우는 허구의 논법 으로 도외시할 것만은 아닐지도 모르겠다는 생각이 들었다. 일상 의 존재인 인간은 때로 자연의 가르침인 '모듬살이'의 순리를 외 면하면서까지 '자기살이'의 개별적 입장에 천착한다. 순수 자연 의 원형을 대체로 잘 보존하고 있는 시베리아에서도 인간살이의 근본적 모순은 별로 다르지 않다는 걸 목격한 그날, 나는 숙소로 돌아와서도 찜찜한 기분을 안고 있다가 꿈자리마저 어수선한 밤 을 보냈다. 그러나 다음 날 순회 열차를 타고 7시간에 걸쳐 다시 만나 본 바이칼은 이렇게 말하고 있었다.

'괜찮아, 너희가 어찌 살든 나는 다 받아줄 수 있어. 나는 큰 물, 큰 흐름이니까.'

식물들의 반격

"자연이냐 이기체르냐, 그것이 문제로다, 군요."
"나무의 입장에선 인간이냐 이기냐, 겠지."

지난 달 미국 오하이오 주의 한 도시를 방문했다. 내가 관여하는 문학행사가 열린 그 지역 주립대학 근처에서 닷새를 지내는 동안 사소하지만 기억할만한 사건이 하나 있었다.

내게 숙식을 제공한 선배의 집은 시내인데도 나무가 집집마다 우거져 마치 숲 속 마을인양 느껴지게 하는 동네에 있었다. 하루는 샤워를 하는데 욕조의 배수구로 물이 내려가지 않았다. 주인한테 얘기를 하여 배수구 막힌 데 뚫는 용액을 갖다 붓고 기다렸으나 물은 여전히 내려가지 않았다. 또 세탁기를 돌리려고 지하다용도실에 내려가 보니 그곳 배수구도 물이 빠지지 않고 오히려 머리카락 등의 찌꺼기가 거슬러 올라오고 있었다.

사태의 심각성을 읽은 주인이 배관공을 불러 알아보니, 집 앞의 단풍나무 뿌리가 땅속에서 집 쪽으로 뻗어나가 배수관들을 막기 시작했다는 것이었다. 우선 배수관 속을 파고 든 뿌리를 쳐내고 급한 불은 끌 수 있으나 나무를 베어내기 전까지는 문제가 계속 생길 거라는 배관공의 경고에 주인의 안색이 어두워졌다.

이사한 지 얼마 안 되는 그 집을 사기로 결정한 이유 중 하나가 앞뜰에 늠름하게 버티고 선 그 고목이 자아내는 넉넉한 풍치가 눈과 마음의 피로를 씻어준다는 것이었는데, 그것을 베어내지 않으면 일 년에 한두 차례, 많게는 서너 차례 곤란을 면치 못할 거라니…….

그날 오후에 있을 문학행사를 함께 주관할 그 선배와 나는 때마침 발표 내용을 같이 검토하던 중이었다. 내가 준비해간 한국 문학 소개 내용 중에 이승우 소설가의 작품 〈식물들의 사생활〉을 발췌하여 인용하는 부분이 있었다. 우리는 배관공이 전기톱으로 나무뿌리들을 잘라내는 격렬한 소음 속에서 만물의 영장인 인간의 사생활이 일개 식물의 사생활에 의해 침해받고 있는 그 부조리한 상황의 인과를 따져보는 대화를 나눴다.

"여긴 예전에 나무가 빼곡히 들어찬 대평원이었더랬는데 초기 정착자들이 그 많은 나무들을 다 베어내고 도시를 세웠대. 그 후 사람들은 허허벌판에 건물과 주택만이 들어선 삭막한 도시를 보자 또다시 조경의 필요를 느껴 다시 나무를 심기 시작했겠지."

"그렇게 심어진 나무들이 백 수십 년이 지나는 동안 땅 속 깊숙이 터전을 잡고 소리 없이 사람의 영역 안으로 침투하기 시작한 거네요."

"난 갈등이구먼. 걔네들의 사생활을 존중해주고 싶지만 그럼 내가 계속 골치를 썩을 테니 말이야. 그렇지만 베어버리고 나면 얼마나 또 아쉬울까?"

"자연이냐 이기利ㄹ냐, 그것이 문제로다, 군요."

"나무의 입장에선 인간이냐 이기냐, 겠지."

"하느님 입장에선 어떻게 보실까요? 자연이냐 인간이냐, 이것이 문제로다?"

"하느님 입장? 음, 글쎄……. 자연과 인간…… 그렇지, 생명체들의 사생활이냐 우주의 공생활이냐, 이것이 문제로다, 하시잖을까?"

이 대목에서 우리는 서로 마주보고 실없이 웃었다. 귀국하고 며칠 뒤 선배로부터 이메일을 받았다. 결국 단풍나무를 베어냈다는 것이다. 그곳에 위풍당당하게 서 있던 나무를 떠올리며 나는 몹시 섭섭했다. 그러나 곧, 이 또한 저 높은 곳에 계신 분이 관장하시는 '우주의 공생활' 안에서 이루어진 일이라는 생각이 들어, 잘 하셨소, 하고 답장을 보냈다.

시간이라는 정원사

곤충들의 영악함에 머리를 내젓다가 지난봄에 경험했던 식물들의 기민함을 떠올리니,
만물의 변화를 일으키는 시간이란 것의 정확함이 새삼 놀랍게 다가온다.

 유달리 매서웠던 지난 겨울 추위에 한껏 움츠러들었다가
어느덧 입춘이 지나고 우수가 며칠 앞으로 다가오자 벌써부터 봄
을 기대하는 마음에 몸도 함께 스멀거린다. 창 밖에는 겨울비도
봄비도 아닌, 간절기의 밤비가 고즈넉이 내리고 있다. 미물일지
언정 곤충들은 인간보다 자연의 변화에 몇 배나 민감하여 겨우내
어디 숨어 있다가 나왔는지 어린 파리들이 부엌 주위를 슬슬 돌
아다니기 시작하고 묵은 쌀 항아리에선 검정 깨알 같은 바그미가
며칠 새에 부쩍 불어나 밥 짓는 아낙의 손을 번거롭게 한다.
 곤충들의 영악함에 머리를 내젓다가 지난 봄에 경험했던 식물
들의 기민함을 떠올리니, 만물의 변화를 일으키는 시간이란 것의
정확함이 새삼 놀랍게 다가온다.
 작년 상반기까지 나는 지금은 한낱 추억거리가 되어 버린 수인

선 협궤열차가 다니던 철로를 따라 조성된 녹지대와 인접한 동네에 살았었다. 협궤열차 운행이 끊긴 지도 십 수 년이 넘었건만 그 녹지대 아래의 철길만은 그대로 남아 웃자란 잡초며 들꽃 사이로 허물어진 시간의 눈금인양 드문드문 자취를 드러내고 있었다. 철길 양 옆으로 실개천이 흐르고 그 양 옆 둔치의, 푸른 잔디와 갖가지 나무들이 심어져 있는 녹지대에는 간편한 운동시설은 물론 벤치와 피크닉 탁자까지 마련되어 있어 인근 주민들의 발길이 끊어지지 않았다.

지난 봄 언젠가 오늘처럼 밤비가 촉촉이 내리고 난 다음 날, 나는 산책을 나갔다가 그 녹지대 전체가 밤사이 온갖 풀꽃들로 천연의 화원이 되어 있는 걸 보았다. 누가 일부러 심지도 않은 작고 여린 색색의 꽃들이 어찌나 소담스럽게 무더기로 피어나 있는지 나는 탄성을 터뜨렸다. 아, 오묘한 어머니 대지시여! 나는 그 여린 생명들의 싹을 속 깊숙이 보듬고 있다가 때가 되니 아낌없이 환희롭게 피워 올리는 땅의 모성에 새삼 감격했다. 그렇게 아름다운 풀꽃 잔치는 한 두어 주 이어졌다. 그동안 나는 틈만 나면 그 녹지대에 나가 서성이며 도시생활에 찌든 내 무채색의 감성에 순도 높은 자연의 빛깔을 부지런히 옮겨 담았다.

그러던 어느 날 나는 그곳에서 시끄러운 기계음을 듣는 것과 동시에 그 찬란하던 꽃밭이 삽시간에 사라지며 단순한 풀밭으로 변하는 것을 목도하였다. 시 환경과에서 나온 일꾼들이 잔디 깎는 기계로 녹지대 전체를 밀어붙이고 있었다. 왜? 어째서? 절로 핀 것들이 절로 다 질 때까지 기다리면 안 된단 말인가? 내 속에서 항의의 아우성이 빗발쳤다.

하지만 다음날 아침 풀 향기 물씬 풍기는 그곳에 다시 나온 나는 그 항의를 철회했다. 영롱한 꽃밭이 사라진 자리에 짙은 푸르름으로 엎드려 누운 풀밭이 오히려 그윽하고 더 좋았던 것이다.

시간은 그렇게, 변화의 때를 정확히 알고 움직이는 우주의 정원사이다.

전원교향곡

그녀는 이웃사촌인 이들 귀머거리와 벙어리 고부가 합주해 들려주는 절묘한 전원교향악에
라디오에서 흘러나오는 슈베르트의 실내악이 무색해지는 걸 느끼며 미소 짓는다.

경상도 어느 산골 마을에 고부 둘이서 생활하는 집이 있다.
시어머니는 여든 살을 넘긴 파파 할머니이고 며느리는 환갑을 바
라보는 중늙은이다. 그 동네 여느 촌부들과 마찬가지로 그들은
종일토록 밭에서 배추, 무, 파, 마늘, 양파 따위를 경작하느라 허
리 한 번 시원히 펴 보질 못한다. 차로 두 시간쯤 가는 대처에 사
는 손자이며 아들인 귀동이가 다달이 얼마간의 생활비를 부쳐 주
건만 그들은 한평생 해온 농사일이 생의 수단을 넘어 생의 목적
처럼 되어 버린 지 오래이므로 자고새면 저절로 발걸음이 향하는
곳이 집 앞 텃밭이다.

멀리서 바라볼 때 그들이 일하는 모습은 집 뒤로 병풍처럼 둘
러선 청산을 배경으로 한없이 평화로운 목가적 분위기의 전형적
인 산촌 풍경일 뿐이다. 그러나 좀 더 근경으로 살펴봤을 때 한

밭에서 일하는 두 여인 사이에 고여 있는 묘한 정적을 느끼게 되면서 뭔가 예사롭지 않은 게 있다는 걸 눈치 채게 될 것이다.

맨 먼저 주목하게 될 점은 두 사람이 네 시간이고 다섯 시간이고 한 마디 말도 주고받지 않은 채 묵묵히 일만 한다는 것이다. 그러다가 해가 중천에 떴을 때 며느리가 호미를 내려놓고 점심을 차리러 집안으로 들어가고 잠시 후 뒤이어 일어선 시어머니가 손을 씻고 툇마루에 앉고부터 갑자기 그 정적은 깨지고 집안은 카랑카랑한 노인의 목소리로 소란스러워진다.

"아이고, 문디 여편네. 집구석 해 논 꼬라지 봐라. 더러봐서 앉동 몬하겠네. 식전에 걸레질 좀 쳐노면 손모가지가 뿌라지나? 캬악, 퉤!"

노인이 마루 밑에다 가래침을 탁 뱉고는 한 구석지에 놓인 걸레 뭉치를 수돗가로 휙 내던질 때 며느리는 양은 소반을 받쳐 들고 부엌에서 나오다 말고 도로 들어가 부뚜막에 소반을 내려놓고 혼자 밥을 먹기 시작한다. 수돗가에서 걸레를 빨며 뭐라고 한참을 악 쓰듯이 며느리한테 퍼부어 대던 노인은 다시 마루로 올라와 걸레질을 몇 번 하는 척 하다가 몸빼바지에서 구겨진 담배갑를 꺼낸다.

노인이 담배를 피우는 동안 며느리는 상추에다 자반고등어 살을 얹어 고봉밥 한 그릇을 뚝딱 비우고 나서 찬장에다 남은 고등어 한 마리를 집어넣고는 자물쇠를 채운다. 그리고는 싹 깎아 담은 밥 한 사발과 김치, 쌈, 강된장만 놓인 소반을 다시 들고 나와 마루에 앉아 있는 노인 앞에다 탁 내려놓는다. 그리고 하얗게 눈 흘기는 시어머니를 아랑곳하지 않고 머리 수건을 벗어 들고 옆집으로 향한다.

옆집에는 도시에서 살다가 귀농한 50대 독신녀가 라디오 FM 방송에서 슈베르트를 들으며 혼자 점심을 먹고 있다. 며느리가 그녀의 밥상에 놓인 막걸리 병을 보더니 입이 벙싯 벌어져 다가앉는다. 독신녀가 한 사발 찰찰 넘치게 따라준 막걸리를 단숨에 들이켜고 손으로 입가를 스윽 문대고 난 며느리는 그때부터 두 팔과 손을 부산하게 움직이기 시작한다. 그 움직임을 눈길로 쫓던 독신녀가 말한다.

"어머, 노친네가 왜 또 그러신대? 엊그제 손주 내외가 다녀가고는 기분이 한참 좋으시더니……."

며느리의 손짓이 더욱 바빠진다. 뙤약볕에 탄 얼굴이 술기운에 고조된 홍분으로 잘 익은 대추처럼 검붉다.

"귀동이 아줌마도 요번에 조합에서 가는 온천 관광에 따라 갔다 와요. 그렇게라도 스트레스를 좀 풀어야지."

그때 어느새 점심을 마쳤는지 몇 남지 않은 이빨을 손가락으로 쑤시며 노인이 독신녀네 마당으로 들어선다. 며느리는 머리 수건을 탁탁 터는 시늉을 하더니 휑하니 자기 시어머니 곁을 찬 바람 나게 스치며 나가버린다.

"저 문디 여편네가 와서 또 뭐라꼬 지끼고 갔노? 지 한 짓은 다 나뚜고 내 숭만 디기 보고 갔제?"

"할머니, 며느리한테 잘 하세요. 어쨌거나 할머니 모시는 건 며느리뿐이잖아요."

"아래, 귀덩이가 댕기가멘서 내한테 이 비싼 걸 채와 주고 갔다. 보소, 금딱지 시계 아이가. 아매 삼 만원도 더 할끼라. 저 여편네가 심이 나서 내 밥도 안 챙기준다 카이."

뼈만 남은 팔에 무겁게 걸린 싯누런 금속 줄을 쳐들어 보이며 의기양양한 표정을 짓고 있는 노인에게 독신녀가 막걸리 한 사발을 권하며 큰 소리로 말한다.

"할머니, 며느리한테 잘하면 손자가 할머니한테 더 좋은 것도 많이 해 드릴 거예요."

노인은 더 큰 소리로 대꾸한다.

"맞다. 우리 귀덩이가 저거 어매는 치다도 안보고 그리키 할매만 안 챙기쌌나. 지집이 성질이 저래 더러버노이까 몸 약한 내 새끼가 우째 배겨났겠노?"

이쯤에서 웬만한 눈치를 지닌 독자라면 그 고부의 삶이 지니고 있는 장애적 여건을 능히 짐작할 것이다. 60대부터 청력을 잃은 시어머니와 선천성 농아인 며느리. 전자는 전쟁 중에 남편을 잃고, 후자는 그 유복자였던 소아마비 장애인 남편을 40대에 잃은 과부 2대의 고부. 그들의 유일한 희망인 귀동이는 도시에서 제 나름의 생존을 꾸려가기에 급급한 처지라 해묵은 고부간의 갈등에 아무런 해결을 주지 못한다. 그들은 수십 년을 그렇게 말 못하고 안 들리는 남다른 의사소통 구조 속에서 말 잘하고 잘 들리는 사람들 못지않게 시끄럽고 첨예한 갈등을 겪으며 살아왔다.

그러나 독신녀가 보기에 둘 중 하나가 없어진다면 그 팽팽한 관계의 긴장이 유지해 주는 삶의 균형 또한 위협받을 거란 사실을 두 사람 다 잘 알고 있는 듯하다. 그래서 그들은 제일 가까운 이웃인 독신녀에게 이따금 이런 식의 하소연을 해오기도 한다.

먼저, 급한 일이 생기면 어버버 어버버 하며 허둥대는 며느리를 보고 한숨처럼 내뱉는 할머니의 말.

"저 문디가 내 없으면 지 새끼한테 빨리 쫓아와달라꼬 전화를 할 수 있겠노, 뭘 하겠노?"

이 년째 이웃으로 살아온 독신녀가 이제 웬만큼 알아먹게 된 며느리의 수화로 이해하는 내용은 또 이렇다.

"할마씨가 하늘로 올라 가뿌면 내는 이 집 혼자 못 지킨대이. 교회에서 하는 늙은이 집으로 갈 끼다."

복잡하고 시끄러운 도시에서 군중 속의 고독을 뼈저리게 느낀 끝에 단순하고 심심하지만 덜 외로울 것 같은 시골을 찾아 들어온 독신녀. 그녀는 이웃사촌인 이들 귀머거리와 벙어리 고부가 합주해 들려주는 절묘한 전원교향악에 라디오에서 흘러나오는 슈베르트의 실내악이 무색해지는 걸 느끼며 미소 짓는다.

2부 달라서 소중한 너

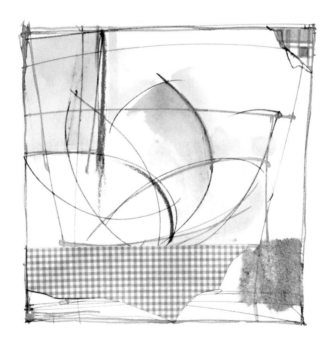

미인유감 美人有感

아름다워진다는 것은 자신이 본래 가지고 있는 아름다움을
스스로 찾아내어 드러낸다는 것이 아닐까.

「한 번 보-고 두 번 보-고 자꾸만 보-고 싶네.」

20대부터 지금껏 내 삶에 너무 낭만이 없다고 느껴질 때면 한
번씩 뒤져내서 듣곤 하는 오래된 음반에서 절박한 호흡의 허스키
한 목소리가 흘러나오고 있다. 우리나라 록음악의 대부로 불리는
신중현 작곡의 〈미인〉이란 곡이다. 나는 그 노래를 들을 때마다
몸에 통증과도 같은 전율이 순간적으로 일어난다. 아름다운 여인
에 매혹당한 한 젊은이의, 고통에 가까운 환희가 내 것인 양 혹은
그 아름다운 여인이 나 자신인 양 느껴보는 상상의 유희가 자아
내는 반응인 것이다.

살면서 한두 번쯤 그 같은 매혹의 체험을 가져 본 남녀들은 많
을 것이다. 나도 이성애자 ─ 요즘은 이런 것까지 밝혀 오해의 소지를 없
애야 하는 번거로운 세상이다 ─ 로서 결혼하여 자식을 낳고 사는 사람

이지만 어쩌다 뛰어나게 아름다운 여자를 보면 미묘한 흥분과 함께 일종의 환희를 느낀다. 미美에 대한 원초적 감흥이 발동된 것일 수도 있겠고, 어쩌면 순간적인 자기투사로 생겨나는 대리만족 같은 것일 수도 있겠다. 그 심리의 정체가 무엇이든 간에, 미인을 본다는 것은 내게 있어 감동적인 예술작품을 접할 때와 같은, 가슴 떨리는 매혹의 체험으로서 삶에서 포기하고 싶지 않은 동경憧憬들 중의 하나이다. '한 번 보고 두 번 보고 자꾸만 보고 싶은' 그런 아름다움을 지닌 미인은 그 존재 자체로서 인간에게 행복감을 선사하는 신의 선물처럼 여겨졌었는데 지금도 그 생각에는 변함이 없다.

그런데 요즈음 그러한 행복에 젖어 볼 기회가 점점 드물어지고 있어 서글프다. 의견을 달리 하는 사람들이 많겠지만, 불행히도 나는 세상에서 미인들이 점점 자취를 감춰 가고 있다는 실망감을 떨치기가 어렵다. 특히 작금의 우리나라가 다른 어느 곳보다 그러한 '미인 품귀' 현상을 심각하게 보이고 있는 듯하여 씁쓸하기 짝이 없다. 글머리에서 얘기한 음반에는 〈아름다운 강산〉이란 곡도 들어 있는데, 그 가사를 다음과 같이 바꾸어 〈아름다운 여인〉 혹은 〈미인 Ⅱ〉라는 제목으로 새로 취입해 볼 것을 신중현 씨에게 권하고 싶을 정도다.

「얼굴은 뽀얗게, 머리는 노랗게, 실버들 몸매에, 부풀린 내 가슴―

콧날도 세우고, 눈매도 고치는, 아름다운 그곳에, 네가 있고 내가 있네―」

물론 서울 강남이나 신촌, 명동 등지 번화가에 나가 보면 우리 여성들의 몸매나 차림새가 어느 서구사회 여성들 못지않게 늘씬하고 세련돼진 것은 사실이다. 그래서 좀 거리를 두고 바라보면 미인 아닌 사람이 없는 듯 여겨질 정도로 사람 풍경이 훤칠하다.

그런데 가까이서 한 사람 한 사람 살펴보면 그 대다수의 얼굴 생김새며 분위기가 어쩌면 그렇게들 '한 공장 제품'인 양 균질적인지 감탄을 금할 수가 없다. 모두들 '개성미'라는 기치 아래 어떻게든 자기 색깔을 내보려고 애를 쓴 흔적은 역력한데, 어떤 결정적인 사실 하나가 그들 모두의 아름다움을 무참히도 몰개성의 표본으로 전락시키고 있다. 그것은 그들이 하나같이 '스타 룩', 풀어 말하면 연예인을 흉내 낸 외모를 추구하고 있다는 사실이다.

문제는, 그 모방되고 있는 연예인들 중에 나름대로 기준을 가지고 주체적인 아름다움을 추구하는 사람보다는 언제부터인가 호도된 형태로 파급되어 무비판적으로 수용되어 온 어떤 '마련된' 아름다움을 추구하는 사람들이 훨씬 많다는 데 있다. 오똑하게 들린 코, 크고 쌍꺼풀진 눈, 갸름한 턱선, CD판 만한 조그만 얼굴, 반짝

이는 금발, 훑어낼 데 훑어내고 부풀릴 데 부풀린 '쭉쭉 빵빵' 몸
매……. 백설공주 이야기에 나오는 계모 왕비의 똑똑한 마법거울
조차 헷갈려 할 이런 규격 미인들의 대거 등장으로 이제 백설공
주나 계모 왕비와 같은 개성적 미인들은 기가 죽어 어디로 숨어
들었는지 자취를 찾아보기 힘들다.

게다가 우리나라 미인들의 아름다움을 공식 평가한다는 미스
코리아대회라는 것은 또 어떤가? 60여 명의 후보 미녀들 중에 다
섯 손가락으로 꼽을 정도를 제외한 대부분의 후보들이 성형수술
을 했다는 것을 텔레비전에 비친 모습만으로도 능히 알 수 있을
정도이니, 그게 성형기술 내지 미용기술을 경합하는 대회이지 어
디 여성들의 고유한 아름다움을 겨루는 대회라 할 수 있겠는가?
마침 엊그제 신문에서 어느 유명 개그우먼의 엄청난 체중감량이
운동이 아닌 지방흡입수술에 의한 것으로 밝혀져 물의(?)가 빚어
지고 있다는 보도까지 접하고 나니 서글픈 실소가 절로 나온다.

왜? 어째서 모두들 그렇게 자기 것이 아닌 자기외적 기준에, 그
것도 문화적 정체가 불분명한 외래성향의 수상한 기준에 맞춘 규
격 미인이 되고 싶어 야단들인가? 아름다워진다는 것은 자신이
본래 가지고 있는 아름다움을 스스로 찾아내어 드러낸다는 것이
아닐까. 그리고 자신이 지닌 아름다움에 믿음을 갖는다는 것이

아닐까. 누가 뭐래도 스스로의 아름다움을 자신 있게 거느리는 사람은 결국엔 남들에게도 그 아름다움을 인정받는다.

그러나 자기 것이 아닌 것을 흉내 내는 사람은 그 모습이 아무리 탐스러워도 오래 가지 못하며, 곧 싫증을 유발하거나 부작용에 시달리게 마련이다. 이쯤에서 우리는 그러한 인위적인 아름다움에 정도 이상의 가치를 부여하고 맹목적인 추종을 부추기는 것이 누구일까 하는 의문을 품게 된다. 얼핏 생각해도 천민자본주의 장사치들과 비속한 대중매체 문화 권력자들에 상당한 혐의를 두지 않을 수 없다.

흔히 여성의 아름다움을 꽃에 빗대어 잘 얘기한다. 장미 같이 화사하다느니, 백합처럼 우아하다느니, 난초처럼 청초하다느니……. 나는 여성의 아름다움에 대해 생각할 때 곧잘 다산 정약용 선생의 국영시서菊影詩序란 글을 떠올린다. 그 글에서 선생은 국화의 아름다움을 찬양하여 이렇게 적었다.

국화가 여러 꽃 가운데 특히 뛰어난 점이 네 가지 있다. 늦게 피는 것이 하나이며, 오래도록 견디는 것이 하나다. 향기로운 것이 하나이고, 고우면서도 화려하지 않고 깨끗하면서도 싸늘하지 않은 것이 하나다.

오늘날 매스컴 영상과 지면에 넘쳐 나는 인조 미인들, 그리고 그들의 레디메이드 미美에 대한 공식公式을 숭배하고 학습하는 추종자들에게 한 번쯤 음미의 기회가 닿았으면 싶은 이야기이다.

서민庶民이 대중大衆으로 변할 때

나는 한 사람의 서민으로서 그 같은 그물에 갇히고 싶지 않기에
내 이웃 서민들 역시 무리 짓는 대중이 아니기를 간절히 바란다.

그 놀라운 행렬을 무어라 불러야 할지……! 나는 15년 가까이
살아온 이 도시에서 여태껏 그렇게 굉장한 인파를 구경한 적이
없다. 먹고살자고 모여든 인파임에는 분명하나 일하는 모습의 군
상이 아니니 개미군단 또는 벌떼 따위의 수식어로 표현할 수는
없지만 아무튼 모종의 곤충 집단의 이동을 연상시키는 광경이었
다. 하나같이 희희낙락한 표정의 남녀노소들이 유모차나 끌차를
밀고 당기며 아라비안나이트의 보물창고 같은 그 건물로 하루 종
일 꾸역꾸역 몰려 들어갔다. 이 도시 백성들의 풍요로운 삶을 위
해 한 재벌기업과 시정자들이 잘 협력하여 수개월 사이에 뚝딱
실현시켜 놓은 서민 쇼핑공간의 결정판 — ㅎ 대형할인점, 그 개
장일의 광경이었다.

바로 코앞의 연립아파트에 살고 있는 나는 스스로가 처하게 된 상

황의 행, 불행을 짚어 보기에 앞서 신기하게만 느껴지는 그 '대중 현상'이 그날 당일에 한정되는 것이 아닐 지도 모른다는 불안한 예감이 들었다. 그리고 그 예감은 사흘 정도가 지나면서 확신으로 변했다. 그 건물이 세워지고 있던 동안 나는 앞으로 장을 보기 위해 두 블록 떨어진 고층 아파트 단지의 슈퍼까지 걸어가야 하는 수고를 덜게 되리라는 기대에 건축 공사로 인한 먼지와 소음 따위의 불편을 기꺼이 감수해 왔던 터였다.

그러기에 며칠을 베란다 창 너머로 지켜보기만 하던 나도 드디어 어느 오후 지병(?)인 군중 공포증을 애써 누르며 그곳으로 장을 보러 갔다. 그런데 아니나 다를까, 매장 1층의 초입에서부터 나는 기가 질리기 시작했다. 수백 평 되는 1층의 '푸드 코트'라 명명된 개방식 공간에는 각종 먹을거리 체인점들이 들어서 있었는데 세상에, 남대문의 이른바 '돗대기 시장'도 무색할 정도의 인파와 그 인파가 만들어 내는 혼잡과 소음이 내 시원찮은 신경 조직을 분해시켜 버릴 듯이 극렬한 기세로 덮쳐들었다.

그러나 식구들이 주문한 물건들이 있고 해서 그냥 돌아설 수도 없었던 나는 비상한 정신력을 동원하여 2층 물품매장으로 올라갔고, 거기서 한 술 더 뜨는 혼잡을 뚫고서 몇 가지 목적한 물건을 사 들고 그 충격적 현장을 장애물 경기 선수처럼 최단最短 시간에 빠져 나왔다. 그리고 집으로 곧장 가는 돌아가는 대신에 할인점과 우리 아파트 사이에 나 있는 오솔길 끝에 자리 잡은 야산 기슭으로 발길을 향했다.

나는 어지러운 정신을 수습하고자 등산로로 올라가는 계단 한쪽에 걸터앉았다. 거대한 상업문화의 덫과 그 안에 기꺼이 사로잡히며 복속하는 인간의 무리에 대해 뭐라고 표현하기 힘든 복잡한 감정이 일었다. 산에서 거리를 두고 내려다보는 할인마트 주변 즉 우리 집 주변의 도로들 또한 온통 차들로 메워진 채 여백을 찾아보기가 힘들었다. 얼마 전까지만 해도 동네 할머니들이 노는 땅에 소일 삼아 가꾸는 채마밭이 듬성듬성 자리하고 있고 약수 뜨러 다니는 사람들이나 간간이 오가는, 이 도시에서 제일 한갓진 동네의 하나가 아니었던가! 불과 수개월 전과 너무나 판도가 바뀌어 버린 환경이 무슨 환영처럼 느껴지기도 했다.

30평 안팎의 연립 아파트들과 저층 주공 아파트들로 조성된 이 동네는 그야말로 서민층 주택가의 전형이었다. 그리고 이 도시 전체로 봐서도 소득 및 교육 수준이 '중산층'으로 분류되기 힘든 사람들이 대종을 이루고 있는 이곳은 서민의 도시이다. 나 역시 교육 수준은 평균을 약간 웃돌까 싶지만 소득 수준은 여실히 서민층에 해당되는 사람으로 내 소박한 이웃과 주변 환경을 아주 편안하게 여기며 살아온 터였다.

그런데 문제의 할인매장이 들어서면서 내가 이제껏 익숙하게 알아 온 '서민'의 개념에 대해 갑자기 혼란이 일었다. 즉, 나의 편안한 이웃인 서민들이 우리 사회의 근간을 이루는 가장 기본적이고 생명력 있는 구성원 집단을 의미하는 '민중'이 아니라, 개성과 주체성의 결여로 부화뇌동하는 속성을 특징으로 하는 '대중'이란 이름의 집단에 불과한 게 아닐까 하는 회의가 든 것이었다.

미국의 대형 할인유통체인 회사인 '월마트'는 그들의 기업 목적을 '일반인들에게 부자들과 같은 물건을 사는 기회를 주기 위해서'라고 정하고 있다고 한다. 그런 의미에서 ㅎ 할인매장은 '월마트'의 이념을 충실히 복제하고 있다고 볼 수 있겠다. 대규모 자본력을 바탕으로 대량 구비해 놓은 '괜찮은' 물품들을 소매상은 물론 규모가 뒤지는 대개의 도매상들보다 싸게 팔고 있기 때문이다. 또한 물품의 종류도 다양하고 세탁, 수선, 음식물 즉석조리 등등 부대 서비스도 다채롭게 제공되고 있어 '원—스톱 쇼핑'의 효율성까지 보장해 준다. 게다가 현대적이고 쾌적한 인테리어로 일반 시장이나 슈퍼에서 결코 맛볼 수 없는 고급한 분위기까지 갖추고 있어 이용자들로 하여금 왠지 부자가 된 듯 한 기분을 느끼게 하는 것이다.

혹자는 물을지 모른다. 그렇다면 그러한 이상적인 쇼핑장소를 즐겨 이용하는 것이 어째서 문제인가? 물론 그 자체는 전혀 문제가 될 수 없다. 다만 그 이용의 양태에 문제가 있을 뿐이다. 이 도시 인구의 절반은 됨직한 숫자의 사람들이 그곳을 찾는 일보다 더 중하고 의미 있는 일은 없다는 듯이 개점 시간 한참 전부터 보도를 가득 메우며 줄서서 기다리다가, 딱히 사야만 할 물건도 없으면서 커다란 끌차를 끌고 몇 시간씩 매장 안을 돌고 또 돌며, 자기들 때문에 주변 교통이 온통 마비되는 것 따윈 아랑곳없이 아침부터 오밤중까지 그곳을 떼지어 들락거려야 하는 이유가 무엇인가? 또 그러한 상황이 개장 당일에만 해당된 것이 아니라 그로부터 한 달이 지난 지금까지 평일에만 조금 다를 뿐 주말에는 변함없이 되풀이되고 있다는 사실에서 모종의 중독 증후군이 읽어진다면 나의 과민한 속단일까?

중산층급 쇼핑을 표방하는 대형 상업자본의 전략에 맹목적으로 이끌리고 있는 나의 이웃 서민들. 그들이 대중으로 변할 때 그 하향획일화의 함정이 무엇인지 짐작케 하는 싯귀 ― 물론 여기서 차용되는 의미 외에 훨씬 많은 걸 함의하고 있는 작품이지만 ― 가 있다.

되새떼들 좌악, 좌악 뿌려지는데

펼쳐지는데 저렇게

새들도 새까맣게 모이면

새들도 빠져나가지 못하는 무지막지한 큰 그물 되는

구나

　　　　　　－ 이문재 시인의 '되새떼' 중에서

　나는 한 사람의 서민으로서 그 같은 그물에 갇히고 싶지 않기에
내 이웃 서민들 역시 무리 짓는 대중이 아니기를 간절히 바란다.

명곡과 명언

기교 없는 그 투박한 노래가 어느 명창의 것 못지않은 호소력을 지니고
우리네 삶의 애환을 전달하는 것이다.

"아~아~ 으악새 슬피 우우~니~"

깜빡 졸고 있던 나는 낯익은 가락에 설핏 잠이 깨어 고개를 들
었다. 한동안 잊고 지내던 쉰 목소리의 주인공은 지난 몇 년간 4
호선 전철을 타고 다니며 일주일에 한, 두 번은 꼭 마주쳤던 그
시각장애인 아저씨였다.

"가으을 이~인 가아아~요~"

차창밖에는 흰 눈이 펑펑 쏟아지고 있건만, 그 아저씨는 예나
제나 오직 한 계절을 노래할 뿐이다. 지난 봄 이사 간 이후 처음
이용하게 된 안산행 전철 안에서 모처럼 듣는 그 흘러간 가요는
부르는 이의 노래 실력에 관계없이 언제나처럼 정겹고 반가웠다.
나는 얼른 일어나 주머니에서 잡히는 대로 잔돈을 꺼내어 아저씨
의 바구니에 집어넣었다. 땟국에 전 거무튀튀한 얼굴에 희미한

미소를 띠고 보이지 않는 눈을 내 쪽으로 돌리며 고마움을 표시한다.

아저씨는 지팡이로 바닥을 더듬으며 계속 까마귀 청으로 '으악새'를 우악스럽게 불러제끼며 나아갔지만 돈을 주는 이는 거의 없었다. 사실 노래 자체로 말하자면 가창력이나 목청이 들어주기 괴로운 수준인 데다 사시사철 그 가요 한 가지밖에 부르질 않으니 노래 들은 대가로 돈을 주기란 별로 내키지 않을 게 당연하다. 그냥 단순한 적선을 유발하는 데도 어느 정도 기술이 필요한가보다는 생각이 들게끔 하는 그 아저씨의 노래는 그래도 때마다 내게 묘한 감동을 주곤 한다. 기교 없는 그 투박한 노래가 어느 명창의 것 못지않은 호소력을 지니고 우리네 삶의 애환을 전달하는 것이다.

마침 그 차량이 마지막 칸이라 아저씨가 맨 끝까지 갔다가 더듬거리며 몸을 돌려 다시 내 앞을 지나갈 즈음이었다. 잠시 멈춰 선 전철에 검은 양복을 말끔히 차려입은 한 중년 신사가 올라탔다. 신사는 옆을 지나치는 으악새 아저씨를 밀어 제치더니 다짜고짜 부르짖었다.

"여러분! 예수 믿고 민주 선진 합시다. 안 믿으면 공산 후진이요!"

얼른 눈을 감고 자는 시늉을 하는 나의 귓전이 따갑게 울리기
시작했다.

달라서 소중한 너

인간이 서로에게서 아름다움을 발견하고 사랑을 느끼는 것은
상대에 대한 조망을 할 수 있는 거리 즉 사이[間]가 존재할 때 가능해진다.

얼마 전 한 장애인 단체에서 특이한 성격의 잡지를 몇 권
보내왔다. 그 단체는 장애인이면서 여성이어서 경험하게 되는 삶
의 문제들을 함께 고민하고 해결을 모색하고자 만들어진 것이라
했다. 나는 그 잡지들을 읽으며 여지껏 피상적으로밖에 알지 못
하던 그들 고유의 문제의식을 좀 더 심도 있게 접해보는 기회를
가졌다. 논지가 뚜렷하고 설득력 있는 글도 많았고, 내가 몰랐거
나 혹은 알고자 하지 않았던 사실들을 깨우쳐 주는 계몽적인 내
용도 많았다.

그런데 읽고 난 전체적인 소감 하나는, 필자들 대다수의 글에
서 비장애인 및 남성을 향한 어딘지 좀 전투적인 성향이 느껴진
다는 것이다. 물론 이제껏 다수자인 비장애인들과 사회권력 우점
세력인 남성들이 기본권 확보나 사회권력 점유에서 현저히 밑지

는 소수자인 장애여성들에게 마땅한 배려를 못해 온 건 부인할 수 없는 우리 사회의 허점이다. 그 극단적인 예가 작년 매스컴의 조명을 받은 바 있는 강릉 음촌마을의 정신지체여성 ㄱ 씨 사건이다. 초등학교 6학년 때부터 7년 동안 마을의 남성들로부터 수차례 성폭력을 당해 온 그녀의 불운은 장애여성들의 절대적으로 불리한 삶의 조건을 극적으로 대변한다.

그러한 측면에서 바라볼 때 그 잡지에서 여러 필자들이 입을 모아 비판하는 이문열 작가의 〈아가雅歌〉와 같은 작품은 논란의 '거리'를 제공하는 '문화상품'이 아닐 수 없다. 그러나 나처럼 문학을 하는 비장애인의 관점에서 볼 때, 그 작품은 다만 한 독특한 인간유형에 대한 예술적 탐구의 결과물일 뿐이다. 복합 장애를 지닌 한 여성을 주인공으로 한 그 작품에는 상황 및 인물에 대한 서술 지문에 작가 자신의 주관적 사변이 많이 들어가 있다. 하지만 그것은 자기 나름의 삶의 체험을 지닌 그 작가의 문학적 개성일 따름이지, 장애 그리고 여성이라는 인간 조건 전반에 대한 특정한 관점의 설파로 받아들여질 성질의 것은 아니라고 생각한다. 구태여 그러한 입장을 주장하고 싶어 하는 사람이 있다면 〈노트르담의 꼽추〉나 〈전원교향곡〉 같은 고전의 반열에 드는 작품들도 그 트집 잡는 입술을 완전히 피해 갈 순 없을 것이다.

프랑스의 페미니스트 철학자 뤼스 이리가라이Ruce Irigaray는 우리 시대의 남녀평등은 양성의 통합시킬 수 없는 절대적 차이를 인정함으로써 가능해지기 시작한다고 얘기한다. 즉, '나'라는 주체와 다른 성性을 지니고 태어난 '너'라는 주체는 내가 결코 완전히 파악할 수 없는 상이한 존재라는 불가역不可譯한 타자성을 인정할 때만 상대에 대한 진정한 존중이 생겨난다는 것이다.

결국 한국 사회에 만연한 '우리가 남이가' 식의, 뭉뚱그리고 얼버무리는 사고방식은 모든 상이한 주체들 간의 관계 정립에 도움이 안 된다는 얘기다. 나는 그러한 인식이 남녀 간의 관계에서뿐만이 아니라 인종간, 종교간, 세대 간 등 무릇 차별을 지양하고 평등을 추구해야 할 관계들 전반에 적용되어도 좋을 사고의 패러다임이 아닐까 생각한다.

가령, 앞서 언급한 곳과 같은 단체에서 일하는 한 장애여성과 직업이 작가인 한 비장애 남성의 경우를 들어 살펴보자. 그 두 사람은 각기 서로가 서로에 대해 완전한 이해나 동화를 할 수 없는, 물릴 수 없는 생의 조건들과 '호환 불가'한 존재방식을 분명히 가지고 있을 것이다. 작가인 그 비장애 남성이 장애여성의 삶을 소재로 한 글을 쓴다고 했을 때 그에게 장애여성의 현실에 대한 가장 공정하고 객관적인 지식의 완비를 요구한다면 그것은 문학이란 창작예술 장르를 저널리즘이나 학술논문 같은 논증적 장르와 구분하지 못하는 소치이다. 반대로, 그 장애여성이 자신과 비슷한 처지의 사람들을 대변하는 입장에서 비장애인 및 남성 중심의 시각에 대해 비판의 목소리를 냈을 때 다수자 문화와 주류 사회의 현실을 잘 모르고 하는 소리라며 존중하려 들지 않는다면, 그것 또한 인간에게 보편적 현실 말고도 독자적 현실이라는 것이 항시 존재한다는 사실을 이해하지 못하는 단견이다.

이처럼 우리는 서로가 서로를 완전히 알 수 없다는 사실을 망각하고 자신의 제한적 앎이 마치 전체인 양 착각하여 상대를 너무도 쉽사리 판단해 버린 상태에서 관계를 형성하는 오류를 왕왕 범한다. 뤼스 이리가라이의 표현에 의하면 '우리가 그것을 풀어 설명할 수 있는 일체의 것을 넘어서는 존재'가 〈너〉이다. 타자의 이 바꿀 수 없는 초월성 즉 어찌할 수 없는 '차이'를 인정할 때 우리는 그가 '우리와 같지 않음'을 당연하게 받아들일 수가 있는 것이다. A라는 남자가 B라는 여자를 만나 사랑하여 결혼하게 되었다고 하자. 그들이 이루는 공동체는 AB라는 혼합체가 아닌 A+B라는 집합체이다. 그런데 살아가면서 A가 그것을 A(B)로, B는 그것을 B(A)로 생각한다면 그들은 어리석은 동상이몽에 빠져 독립된 주체간의 거리가 허용하는 자유를 스스로와 상대에게 포기시키는 형국에 처하게 된다.

　인간이 서로에게서 아름다움을 발견하고 사랑을 느끼는 것은 상대에 대한 조망을 할 수 있는 거리 즉 사이[間]가 존재할 때 가능해진다. 인간 존재의 생래적 조건인 그 거리를 부정하고 상대의 '나와 같지 않음'을 탓하기 시작할 때 세상의 그 허다한 소모적 쟁의와 불필요한 마찰은 생겨나고 나아가 더 큰 불행인 전쟁도 불사하게 되는 것이리라. 이제 우리도 초기 근대사회의 통합주의적 인습들을 과감히 떨쳐 버리고 '차이의 문화'를 적극적으로 함양할 때가 되지 않았을까.

난폭 토끼

난폭 토끼. 그 어처구니없는 짐승이 나는 이상하게도 사랑스럽다.
녀석은 내 안 깊숙이 잠들어 있는 어떤 야성을 흔들어 깨우는 느낌이다.

뉴스 시간대 외에는 텔레비전 앞에 앉아 있는 일이 거의 없는 내가 어쩌다 눈이 가서 한동안 흥미진진하게 시청한 프로그램이 있다. 어느 방송국에서 했는지는 기억이 안 나지만 '세상에 이런 일이!' 라는 이름의 다큐 프로였다. 주로 귀신 이야기 등의 명계冥界와 연관된 현상을 다룬 기담들이 많았지만 더러 현실 세상에서 발견되는 뜻밖의 물리현상이나 신기한 성질을 가진 동·식물의 이야기가 등장하기도 했다. 그 중에서 아주 인상적으로 뇌리에 남아 이따금 내 입가에 미소를 떠올리는 방송이 한 편 있었는데 '난폭 토끼' 라는 표제를 달고 있었다.

토끼 — 하면 일반적으로 떠올려지는 느낌들이 있다. 작고 연약하고, 유순하고 잘 놀라고, 날쌘 반면 지구력이 부족하고, 귀엽고 보송보송하고……. 이런 따위의 수식어들과 함께 우리의 전래 설화나 민담에서 흔히 그려지고 있듯이 약삭빠르고 꾀가 많은, 그러나 강인함 또는 우직스러움과는 거리가 먼 짐승이 토끼인 것이다.

그런데 그 방송에 등장한 모 농원의 토끼 군群은 그러한 통념들을 깡그리 뭉개버리는 녀석이었다. 조사 나온 토끼 전문사육인의 말에 의하면 오천 마리 중에 한 마리 나올까 말까 한 돌연변이종인 그 녀석은 우선 외모부터가 달랐다. 보통 토끼의 두 배는 됨직한 덩치에다 갈색 섞인 누런 털로 덮인 모습은 얼핏 견공犬公의 위용을 지닌 듯 했고 유난히 툭 불거져 번득이는 검은 눈망울은 독수리의 눈매를 방불케 했는데, 녀석의 비범성을 결정적으로 말해주는 외관적 특성은 그 앞니에 있었다. 어떻게 연마했는지 선사시대 돌도끼처럼 날카롭게 보이는 두 개의 앞니가 턱밑에 닿도록 기다랗게 뻗어나 있는 것이 타의 추종을 불허하는 위협적 카리스마를 발산하고 있었다.

거기에 녀석의 악명 높은 성질이 합세하여 빚어낸 결과는 매우 두려운 것이었다. 녀석을 길러 온 주인을 포함해서 그 농장을 찾았다가 녀석에게 물어 뜯겨 정강이에 이빨 구멍과 함께 피멍이 들고 바짓가랑이가 넝마처럼 뜯겨 나간 사람들이 부지기수였고, 축산농원인 그곳에서 녀석에게 위협받아 제 자리에서 내쫓긴 오리와 닭들 때문에 닭장이나 축사를 새로 마련해야 했으며, 녀석의 전제 군주적 독점욕 때문에 그곳에 사는 많은 수토끼들이 도무지 홀아비 신세를 못 면하는 비극적 삶을 영위하고 있었다.

그 녀석이 공격을 하는 데는 때[時]나 이유가 있는 게 아니었다. 녀석은 아무런 조짐도 보이지 않다가 느닷없이 덤벼들어 상대를 작살내곤 했다. 상대가 도망을 치면 집안으로든 들판으로든 악착같이 쫓아가 이빨을 박고야 말았다. 심지어는 토끼들이 싫어한다는 물속으로도 풍덩 뛰어들어 수중 추적을 불사했다. (토끼가 그렇게 헤엄을 잘 칠 수 있는 짐승인지는 처음 알았다.) 오죽하면 애기 적부터 저를 키워준 주인아저씨의 다리가 녀석의 이빨 자국으로 만신창이가 되었으며, 소문을 듣고 방어태세를 단단히 갖추고 온 취재팀의 카메라맨의 바지며 다리 정강이가 피투성이가 되었겠는가. 하여간 녀석은 난폭하다 못해 요즘 식의 표현을 빌면 가히 엽기적인 짐승이었다.

어려서부터 황당무계한 무협지류의 스토리를 좋아하는 나는 그 '토끼 불패' 다큐를 마냥 킬킬거리며 보다가 그 토끼의 주인이 취재진의 마지막 질문에 답하는 내용을 듣고 정신이 번쩍 들었다.

"이렇게 사나운 말썽꾼을 뭐 하러 키우시는 거죠?"

"종자를 받으려고요. 이 녀석의 종자를 많이 번식시켜 사나운 토끼들을 인근 야산에 풀어놓으려고 합니다. 요즘 이 근방에 들고양이 떼가 끓어서 농원들 피해가 크거든요."

들고양이 떼, 그들은 무엇인가? 그들은 시도 때도 없이 닭장이나 오리장 또는 토끼장을 습격하여 쑥대밭을 만들어 놓는 비적 떼이다. 그들이 한 번 휩쓸고 가면 한철 내내 공들인 짐승농사가 엉망이 된다. 비적이 창궐하는 시기는 난세에 다름 아니다. 예로부터 난세에 호걸이 나는 법. 그 축산농가 일대에서 활약이 곧 기대되는 호걸은 난폭 토끼의 후손들인 것이다.

그들은 방약무도하고 독종이며 자신의 영역을 위협하는 존재들을 참지 못한다. 그들은 일단 공격의 대상을 정하면 자신의 안위 따원 아랑곳없이 목표를 향해 돌진한다. 천방지축이고 막무가내이고 무지막지하다. 그러나 그들은 용맹하다. 그들의 용맹은 계산하지 않는 단순성에서 온다. 그들의 물불 가리지 않은 용맹에 교활하고 조직적이며 우세한 무기(포식동물의 이빨과 날카로운 발톱 등)를 지닌 들고양이 떼도 주춤하지 않을 수 없을 것이다. 비록 한낱 토끼지만 그들은 굴하지 않는 투혼으로 들고양이들한테 당당히 맞서는 견제세력이 될 것이다.

난폭 토끼. 그 어처구니없는 짐승이 나는 이상하게도 사랑스럽다. 녀석은 내 안 깊숙이 잠들어 있는 어떤 야성을 흔들어 깨우는 느낌이다. 주변을 보라. 온통 비적 떼로 들끓지 않는가! 자신들의 이윤극대화를 위해 세계화의 미명 아래 노동과 생명의 억압을 일삼는 경제 비적 떼, 인간의 영혼을 좀먹는 저질 문화를 이식하고 퍼뜨리는 문화 비적 떼, 선진 산업공학의 파급이란 명분 아래 생태계 훼손을 마다 않는 환경 비적 떼, 세력의 헤게모니 장악을 위해 주권 침탈을 예사로 아는 정치 비적 떼, 사이비성 기이지론奇異之論으로 혹세무민하는 종교 비적 떼……. 그야말로 제적백도諸賊百盜의 시대가 아닌가! 어떨 때 나는 이러한 세상에서 묵묵히 순응적 자세로 꾸역꾸역 살아가고 있는 자신이 넌더리나게 싫어진다. 모든 '아닌 것들'에 대해 단호하게 'NO!' 하며 피 터지게 싸우는 불같은 투혼, 단순하고 우직하나마 결코 길들여지지 않는 싱싱한 야성, '난폭 토끼'의 야성이 그립다.

　토끼 모습을 한 우리 한반도. 너무 말랑거리고 무기력해진 토끼. 이 토끼가 지금 수혈 받아야 할 것이 달라이 라마 식의 '아힘사'*일까? 나는 그렇게 생각하지 않는다. 그들은 그들의 현실에 맞는 저항의 방식인 아힘사를 취했지만 우리는 우리 나름의 현실이 있다. 지금 비적 떼가 창궐하고 있는 이때, 우리는 조금 난폭해질 필요가 있지 않을까? 물론 평화 공존을 지향해야 할 이 시대에 그것이 물리적 난폭을 의미할 순 없다. 그렇다면 우리한

테 맞는 저항의 방식은 무엇일까? 다 같이 열심히 생각해 볼 일
이다.

* 힌두 용어로 '비폭력'을 뜻하는 말로 인도의 간디가 비폭력 저항운동을 펼치면서
널리 알려지게 되었다.

개미를 죽이다

내 교묘히 은폐된 '미필적 고의'를 아는지 모르는지 전우戰友의 시체를 넘고 넘어 행군해 오고 있는 개미 군단, 그들은 정녕 불굴의 집단이었다.

유난히 황사 바람이 많이 불어 대고 있는 올 봄, 나는 여느 때 보다 자주 방바닥 걸레질을 하게 되었다. 그러나 창문을 조금밖에 열어 놓지 않아도 금세 또 뽀얗게 내려앉는 고운 콩가루 같은 먼지에 슬슬 짜증이 나기 시작한 요 며칠 새, 나는 그 반복되는 단순노동의 지루함을 깨뜨리는 뜻밖의 철학적(?) 상황과 조우했다.

언제부터인가 욕실과 다용도실 바닥의 타일 이음새에 이쑤시개가 들어갈 만한 구멍 같은 게 군데군데 나 있는 걸 보았다. 그러더니 하루는 걸레질을 하는데 깨알만 한 개미들이 방안에서 4 5cm 정도의 까만 줄을 지으며 집안을 돌아다니는 것이었다. 그것들에 대한 나의 첫 반응은 무심한 즉살即殺이었다. 그저 아무런 생각도 느낌도 없이 먼지 부스러기를 치우듯 걸레로 휩싸서 제거

해 버리는 것이다.

다음날 역시 걸레를 치다가 여남은 마리의 개미를 욕실과 방 언저리에서 발견한 나의 두 번째 반응은 희살戲殺로 불릴 어떤 것이었다. 물기 있는 걸레로 그들의 진로를 차단하고 한동안 지켜보다가 결국엔 걸레 주변을 빙 돌아서 다시 제 길을 가기 시작하는 놈들을 하나씩 눌러 죽이는 것이었다.

세 번째 날에 내가 보인 반응은 다소 혼란스러운 형태였다. 문득 자신이 평소 거미나 귀뚜라미 같이 무해하게 생각되는 곤충을 집안에서 발견하면 그냥 두거나 기껏해야 손으로 집어 창밖으로 내보내는 게 고작이었다는 사실을 상기한 때문이었다. 그러니까 나나 가족에게 아직은 아무런 피해도 끼치지 않는 그 개미들을 어째서 보는 족족 잡아 죽이는가 하는 반성과 그래도 그냥 내버려두기엔 왠지 좀 개운치 않다는 불안 심리가 교차하면서 행동의 혼선이 빚어진 것이다. 그래서 어떤 놈들은 짐짓 모른 척 내버려두다가도 느닷없이 비정한 살수殺手를 뻗어 재수 없이 걸러든 몇몇 불쌍한 충생蟲生들을 결단내 놓곤 곧 가책을 느끼는 등 우왕좌왕 하는 자신을 발견했다.

더욱 웃기는 것은 그 이후의 내 행동 양태이다. 걸레질 할 때마다 적게는 대여섯 마리, 많게는 여남은 마리의 개미들과 마주치게 되자 매번 '죽이느냐 살리느냐'의 햄릿적 고민으로 골치가 아파진 나는 아예 걸레질 치기가 두려워졌다. 그러나 황사는 계속 불어 들었고 방바닥에 먼지는 계속 쌓였으므로 청소를 안 할 수도 없어, 평소에 번잡스러워서 구석에 처박아 두고 좀처럼 쓰지 않는 입식 진공청소기를 꺼내 불도저로 밀듯이 바닥을 한 번씩 훑는 절충안을 채택했다. 그러면 고도 근시인 내 눈이 어차피 그놈들을 포착하지 못하는 가운데 피할 놈은 피하고 빨려 들어갈 놈은 빨려 들어가 나로서는 고의적 살생을 피하면서도 놈들의 침입을 어느 정도 통제할 수 있으리라는 계산이었다. 아울러 번번이 실존적 선택을 해야 하는 번거로움도 피할 수 있게 되는 건 물론이었다.

그렇게 스스로의 묘수에 만족해하며 단순노동의 지루한 '비철학적' 상황으로 복귀한 지 이틀쯤 지나자 나는 슬슬 그놈들이 궁금해지기 시작했다. 그래서 청소기를 돌리다 말고 방바닥에 엎드려 그놈들이 많이 출몰하던 언저리를 가만히 들여다보았다. 아니, 우째 이런 일이? 여기저기서 그 전보다 두 배는 될 만큼 많은 개미들이 줄지어 들락거리고 있지 않는가! 나는 뒤통수를 한 대 맞은 듯한 기분이었다. 내 교묘히 은폐된 '미필적 고의'를 아는지 모르는지 전우戰友의 시체를 넘고 넘어 행군해 오고 있는 개미

군단, 그들은 정녕 불굴의 집단이었다. 떡 본 김에 제사 지낸다고, 나는 이 작은 침입자들에 대해 뭐 좀 알아보고 싶다는 생각을 하며 책방을 찾았다.

〈개미〉라는 독창적인 소설로 우리에게 잘 알려진 프랑스 작가 베르나르 베르베르의 관찰에 의하면, 개미는 두려움을 느끼지 않는 생물이다. 우리가 손톱을 깎을 때 우리의 손톱 끝이 그것을 두려워하지 않듯이 개미는 자율적인 단위로 살아가지 않고 하나의 집단 유기체의 세포적 존재로서만 살아가는 군체성群體性 곤충이기 때문에 그렇다고 한다. 그러므로 자기 공동체 전체의 생존문제 때문에 걱정을 하기는 하지만 자기가 죽을 것을 두려워하는 일이 없다는 것이다.

크기는 사람의 백만 분지 일도 안 되는 미물이 약 1만조兆에 이르는 지상 우점종優占種으로 살아남은 데에는 그 비밀이 있다. 자기 개체의 생사를 괘념치 않고 오직 소속된 '모듬살이'를 위해 모든 걸 다 바치는 그들의 생태 문화가 곧 그것이다. 그러는 중에 그들은 지상의 한 뚜렷한 종種으로서 존속하며 자연 생태계에 지대한 기여를 해 왔다. 이를테면 동물의 시체를 집으로 옮겨 먹이로 쓰면서 유기물 분해에 절대적인 역할을 감당하는 한편, 식물의 씨를 먹이로 운반하여 일부는 먹지 않고 개미집 안팎에 버림으로써 수많은 식물종들의 전파를 도울 뿐 아니라 지렁이 이상으로 흙을 많이 옮기는 과정에서 육지 생태계의 건강 유지에 필수적인 영양소를 방대하게 순환시킨다고 한다. 알고 보니 세상에는 개미학mymecology이란 걸 전공하는 학자들도 있었는데 그들이 주장하는 바에 의하면, 인간이 없어지면 자연은 끄떡없어도 개미가 사라지면 자연 생태계가 흔들리는 것은 시간문제라는 것이다.

그렇듯 숭고한 생명체에게 나는 도대체 무슨 짓을 하고 있었던가? 나는 자료를 뒤적이다 불현듯 장자의 제물론齊物論에 나오는 한 구절이 떠올랐다. '백 개의 뼈마디, 아홉 개의 구멍, 여섯 개의 내장이 갖추어져 있어도 우리는 그중 어느 하나만 좋아한다고 할 수는 없다.' 내 몸을 하나로 생각할 줄은 알아도 만물을 그렇게 생각할 줄 모르는 인간의 눈 어두움을 꿰뚫은 철인의 이야기다. 지금 이 순간에도 나와 같은 청맹과니 인간들은 그 말귀를 온전히 알아들을 '얼'이 없어, 그저 제 몸 하나 위한답시고 다른 생명체들에게 온갖 치명적인 박해와 유린을 자행하고 사는 것이다. 강과 바다를 썩히고 산야를 황폐화시키고 짐승들을 '미침 병' 들게 하면서도 제 몸은 불로장생할 생각에 빠져 희희낙락하니, 1억 년의 세월에 걸쳐 공생의 원리를 체질화시켜 온 개미들이 볼 때 얼마나 가소로운 노릇인가!

하지만 나는 오늘도 방안으로 침입한 개미들을 잡아 죽일 것이다. 그들이 나의 이 열등한 생태를 눈치 채고 나를 정복하려 들기 전에 말이다.

고통에 대한 예방백신

혹 미래의 고통에 대한 예방백신이 있다면 그것은 가상假想의 충격과 공포 체험이 아니라 우리 모두가 너나없이 슬픈 실존이라는 것을 깨닫는 일이 아닐까?

미국 정부가 대對이라크 전쟁을 공식 선포하고 초기 대규모 공격을 개시했을 때 그 작전명은 '충격과 공포'였다. 충격과 공포라니! 그 이름만 들어도 조건반사적인 어떤 떨림이 몸에서 일어나는 것 같지 않은가. 그런데 그 살벌한 작명의 배경에는 인간 문명의 아름다움을 연구하는 학문인 미학美學이 한 손 거들어 준 흔적을 남기고 있어 묘한 아이러니를 느끼게 한다.

어느 미학자의 '귀띔'에 의하면 작전명 '충격과 공포'는 현대 예술의 특징을 표현하는 미학 용어를 원용했다는 것이다. 이른바 포스트모던 시대의 예술이라는 것은 사람의 눈과 귀에 아름답고 감동적 것에 스스로를 국한시키지 않고 불쾌하거나 추악할 정도로 충격적인 것 또는 두려울 정도로 경악스러운 것마저 추구하는 경향이 있다. 특히 종합예술의 대표주자인 영화는 끔찍한 폭력과 엽기적인 내용을 쉼 없이 업그레이드시켜 나감으로써 '잔혹미학'의 예술적 경쟁력을 확보하고자 한다.

그런데 왜 하필이면 잔혹미학일까? 그 계통의 예지叡智를 자랑하는 어떤 사람들은 인류가 머지않은 앞날에 전대미문의 혼돈과 파국에 봉착하게 될 것이므로 그에 대비하는 차원에서 그러한 가상의 공포와 충격은 필요하다고 주장한다. 다시 말해 예방백신으로서 잔혹미학의 가치를 본다는 것이다. 과연 그럴까? 유대인 대학살을 앞서 경험하지 않았다면 이차대전의 피해자들은 더 고통스러웠을까? 일제탄압과 대동아전쟁을 겪어 보았기에 우리는 바로 뒤이은 민족상잔의 전쟁이 덜 고통스러웠을까? 이는 마치 죽음이 두려워 미수에 그칠 자살 시도를 자꾸만 되풀이하는 강박증 환자에나 비유할 수 있을 것 같다. 정녕 우리는 그처럼 파괴적인 백신을 맞아 가면서까지 고통에 면역되어야 하는 걸까?

현대의 예언자적 수행자 까를로 까레또의 저서 중에 〈프란체스코 저는〉이란 것이 있다. 그 작품의 화자는 프란체스코 성인의 영혼인데, 그는 이 시대의 위기를 조망하며 이렇게 말한다.

'어쩌면 마지막 때가 왔어요. … (중략) … 어지간히 고통을 당하시리라는 뚜렷한 예감이 드는군요.'

그러나 성인의 영혼은 그 고통에 대비하여 충격과 공포의 백신

요법을 권하지 않는다. 그는 악과 폭력이 남에 대한 두려움에서 비롯된다고 갈파하면서 우리더러 인간과 자연에 대해 끝없는 폭력을 가해 온 자신들이 얼마나 슬픈 존재인지를 잘 살펴보라고 권한다. '여러분은 아주 아주 슬프거든요.'

혹 미래의 고통에 대한 예방백신이 있다면 그것은 가상假想의 충격과 공포 체험이 아니라 우리 모두가 너나없이 슬픈 실존이라는 것을 깨닫는 일이 아닐까?

나를 부르짖는 아이들

너 내가 누군지 알어?하고 빨강 머리 소년이 물을 때
만족할 만한 대답을 누가 해주겠는가?

　　　너 내가 누군지 알어? 니가 나에 대해 뭘 알어, 응

응?

　불타는 삼나무처럼 하늘을 향해 솟구친 빨강 머리를 인 소년이
그 누군가를 향해 잡아먹을 듯이 으르렁댄다. 기세등등한 포즈와
달리 겁먹은 눈빛의 그 소년은 계속해서 부르짖는다.

　　　나보다 더 나를 잘 아는 건 없다. 나보다 더 나를 사
랑하는 것도 없다. 나만 있으면 나는 행복하다…….

　이것은 반항기의 청소년을 그린 성장 드라마의 한 대목처럼 생
각될지 모르겠으나 실은 어느 이동통신업체의 휴대폰 광고 문구

이다. 십대 고객층을 겨냥한 그 신상품 모델의 이름은 'Na'. 광고대로라면 '나만의 세상, 나만의 카드, 나만의 인터넷, 나만의 요금'을 가능케 하는 기찬 물건이다. 무릇 자신의 개성과 프라이버시를 중시하는 젊은이(혹은 아이)라면 앞뒤 사정 가릴 것 없이 하나 구매하고픈 충동을 느껴야 정상이다. 그래야 남들과 차별화되는 자신만의 통신방법을 가졌다고 할 수 있지 않겠는가.

빨강 머리 소년은 말한다. Na보다 나를 더 잘 아는 건 없다고. 다시 말해, 그의 정체를 아는 존재는 Na 뿐이라는 얘기다. 그는 Na가 들려주고 보여주는 음성과 문자와 이미지를 통해서만 자기 존재를 파악하고 실감할 수 있다. 그래서 그는 Na를 한시도 품에서 떼지 않고 산다. 집에서, 거리에서, 버스나 전철에서, 학원에서, 분식집에서, PC방에서, 비디오방에서, 노래방에서, 만화가게에서, 여자 친구와 숨어든 강변 다리 밑에서……. 손가락이 닳도록 Na의 버튼들을 눌러대고 있는 동안만큼은 그는 외롭지도 혼란스럽지도 않다. 세상이 아무리 핑핑 현기증 나는 속도로 어딘지 알 수 없는 곳을 향해 치닫고 있어도 그 누군가와 접속하고 있는 동안에는 미래가 그다지 불안하지 않다. 왜냐하면 그 누군가들은 대개 자신과 비슷한 생각과 느낌들을 갖고 있는 존재들이기 때문이다. 그는 결코 동떨어진 삶을 살고 있는 게 아니며, 그들의 하나인 것이다.

결과적으로 Na는 소년을 기타 다수의 세계와 끊임없이 접속시킴으로써 그의 개성을 희석시키고 그의 프라이버시를 무한대로 노출시킨다. 빨강 머리 소년이 Na와 놀고 있는 시간에 주황 머리, 노랑머리, 초록 머리, 파랑 머리, 남색 머리, 보라 머리들도 똑같이 Na를 갖고 논다. 따라서 Na는 그 누구에게도 '나만의' Na가 될 수 없다. 그러나 그들은 Na가 기획, 관리하는 집단 정체성의 우물 속에서 버르적거리면서도 자신이 꿈꾸던 자유의 바다로 헤엄쳐가고 있다고 믿는다.

이데올로기 부재의 시대라 일컬어지는 오늘날이다. 그런데 Na가 대표하는 개인용 전자통신기기들이 개인의 삶에 미치는 막강한 영향을 볼 때 지난날 인류에게 행복보다는 불행을 더 많이 안겨 준 몇몇 거대 이념들에 뒤지지 않는 어떤 괴력의 주체가 활동을 개시한 것만 같아 섬뜩한 기분이 든다.

그 괴력의 카리스마에 제일 먼저 굴복할 수밖에 없는 존재가 우리의 빨강 머리 소년이다. 왜냐하면 그는 자기 자신에 대해 가장 알고 싶어 하는 나이이기 때문이다. 대개의 사람들은 십대 이전에는 자신의 정체성에 대해 별로 생각할 필요를 느끼지 않으며, 십대 이후에는 사회에서 요구하는 몇몇 가지 정형에 스스로를 맞추고 자족한다. 그러니, 너 내가 누군지 알아? 하고 빨강 머리 소년이 물을 때 만족할 만한 대답을 누가 해주겠는가? 학교도, 교회도, 부모도, 형제도 '이미 정해진' 답변밖에는 줄 수가 없을 것이다. 소년의 존재의 심연에 가 닿는 대답을 해줄 수 있는 현자賢者가 있다손 치더라도 요즘처럼 눈에 보이고 손에 잡히는 것만을 중히 여기는 세상에 여간해서 모습을 드러내겠는가? 설령 모습을 드러낸다 해도 어리석은 세상이 알아보기나 하겠는가?

한 번이라도 머리를 괴고, 자신이 어디서 왔으며 어디로 가게 되는지, 무엇 때문에 현재의 모습으로 살고 있는지 따위의 근본적 문제를 진지하게 성찰해 본 적이 없는 어른들이 빨강 머리 소년에게 해줄 수 있는 대답이란 뻔하다. 솔직히 자신들도 잘 모르겠다고 하면 좋을 텐데, 그들은 이렇게 윽박지른다. 너는 아직 세상을 모른다. 그 따위 쓸데없는 잡념에다 한눈팔지 말고 부디 공부에나 충실해라. 너 때문에 뼈 빠지게 일하는 에미애비를 봐서라도 좋은 대학에 들어가야 할 것 아니냐. 그래야 좋은 직장, 좋은 배우자를 만나고 세상살이 헤쳐 나가기가 수월한 법이다. 너한테 뭐가 좋은지는 부모인 우리가 제일 잘 안다.

이쯤 되면 빨강 머리 소년은 부르짖지 않을 수 없다. 당신들이 나에 대해 뭘 알아, 응 응? 여기서 세대 간 소통의 단절과 자기집

착적 청소년 문화의 비극은 시작된다. 이제부터 빨강 머리 소년은 '나—나—나—나—나~' 하고 나가는 것이다. 그 집착이 비록 자신이 더 이상 신뢰할 수 없게 된 기성세대의 가차 없는 상업혼의 손아귀에 놀아나게 할지라도. 그리하여 '나' 아닌 'Na' 라는 집단 정체성의 몰개성적 존재로 전락할지라도…….

최근 가공할 형태의 존속 상해 또는 미성년 범죄가 잇달아 보도되고 있다. 개중에서도 모범 대학생의 부모 토막 살인과 초등학생이 유치원 아동을 때려서 물에 빠트려 죽인 사건은 그야말로 '자고 있는 자식도 다시 보자' 는 구호가 나돌게 할 정도다. 이들이 그런 극악한 행동을 저지르게 되기까지 마음속에서 걸어온 '증오의 행로' 는 과연 언론매체에서 열 올려 떠들어대는 것처럼 그 모든 발단을 가정환경의 결함에서 찾을 수 있는 걸까?

나는 해체된 가족관계나 열악한 가정환경이 가장 직접적인 요인이 되었다고 보는 데는 이의가 없지만, 그 끔찍한 범죄를 저지른 젊거나 어린 영혼들의 인성에 치명적 장애를 초래한 불씨의 출처를 또 다른 곳에서 발견한다. 그것은 바로 '나' 의식 — 나 외의 모든 존재는 나를 존재케 하기 위한 들러리 같은 존재에 불과하다는 생각. 그러한 의식이 어떤 반성적 계기가 주어지지 않는 상태에서 계속 치닫게 되면 자신의 육체적 또는 정신적 안위를 위협하는 모든 대상에 대해서 제거의 당위를 느끼기 마련이다. 거기에는 부모도, 형제도, 친구도, 어린 아기도 예외가 없다. 이런 극단적 형태의 자기중심주의를 부추겨 한 몫 챙기는 것이 수단 방법을 가리지 않는 작금의 상업혼이다.

빨강 머리 소년은 외친다. 나만 있으면 나는 행복하다. (나머지는 없어도 좋다.) 그러다가 '없어도 좋은' 나머지가 '없어야 좋을' 나머지가 되었을 때 소년이 참고할 만한 아주 잘 만들어진 엽기물 텍스트가 도처에 널려 있다. 그것은 비디오, 만화, 판타지 소설, PC 게임 등 매우 다채롭기까지 하다.

무서운 아이들이다. 그러나 그 무서운 아이들을 배양하고 그 아이들의 혼을 갈취해 제 배를 불리는 우리 어른들은 더더욱 무서운 존재가 아닌가.

크고 빛나는 포부를 지닌 너에게

하루가 다르게 푸르고 힘차게 뻗어 오르는 나의 자랑스러운 가지야,
한 가지 당부하련다.

향지야아~ 하고 네 이름을 부르면, 봄철에 돋아난 어린 새순
에서 풍겨나는 약간 배릿하면서 풋풋한 향기가 코끝에 느껴지던
때가 있었지. 그때마다 엄마는 그 여리디 여린 순이 어느 세월에
시인 할아버지가 지어주신 이름 — 香枝 — 값을 하는 향기로운
가지로 자라나려나 까마득하게 생각되곤 했단다. 그런데 너는 어
느 틈에 쑥쑥 자라나 이젠 줄기인 엄마 아빠의 반경 너머로까지
훌쩍 뻗어나간 젊은 가지가 되어 있다니, 얼마나 대견하고 뿌듯
한지!

어느 부모나 다 느끼는 감정일 테지만 엄마는 네가 어디 한 구
석 몸 상한 데 없이 무사히 자라준 것만 해도 그지없이 고마울 따
름인데 너의 정신이 기대 이상으로 훌쩍 성장해 있는 것을 때때
로 확인하곤 하느님의 은혜에 새삼 감읍하게 된다. 더구나 어느

날 네가 지극히 평범한 말투로 내 귀가 의심스러운 뜬금없는 발언을 했을 때는 너무 뜻밖인 나머지 농담이라도 들은 양 짐짓 가볍게 받아들이게 되더구나.

고등학교 2학년 때였던가. 어느 날 너는 학교에서 돌아와 저녁을 먹다가 밑도 끝도 없이 불쑥 이렇게 말했지. "엄마, 나는 역사에 남는 인물이 될래." 나는 밥숟갈을 입에 넣다가 거의 내뿜을 뻔 했어. "응, 그래? 그거 좋지. 그렇게 해봐." 그때 엄마는 '나 의사(또는 판사) 될래' 하는 자식의 포부를 기특하게 여긴 부모가 격려하듯이 그렇게 대꾸를 하긴 했지만 속으로는 황당한 느낌을 금치 못했단다. 뭐, 역사에 남는 인물이 되겠다고? 뭘로다? 어떻게? 요새 무슨 독립운동 할 일 있냐? 물론 자칭 현모인 엄마는 그런 물음들을 속에서만 맴돌게 하고 겉으로는 이런 식의, 지극히 현실적인 충고를 해주었던 것 같아. "야, 너 이번 기말 시험 평균 5점만 더 올려. 일단 내신등급부터 좀 해결하고 보자고." 엄마의 딴청이 주효했는지 너는 더 이상 역사를 운운하지 않고서 입시라는 지옥의 터널을 무사히 통과하여 원하는 대학에 들어갔지.

그런데 대학에 입학하자 너는 곧 일련의 언행을 통해 그 '역사적' 포부가 네 안에 건재함을 다시 드러내는 거야. 그럴 때 너는 이제 겨우 스무 살의 어린 처녀라고 믿기 어려울 정도로 눈빛에서 자기 확신 같은 것을 보이더구나. 어느 시점부턴가 이 '믿음 약한' 엄마도 서서히 동화되기 시작했어. 그리고 이즘에 이르러서는 너에 대한 모종의 백일몽까지 꾸게까지 되었는데 그 내용인 즉, 네가 넬슨 만델라와 같은 지도자로 성장하여 세상을 '널리 이롭게' 하는 삶을 사는 것이야. 하필이면 세상의 수많은 지도자 중에 만델라인가 하면, 그가 힘없는 약소민족의 피지배 전통을 극복하고 지역과 종교를 초월하여 추앙받는 지도자의 표상을 보였기 때문이지. 너 역시 약소민족으로서 뼈아픈 역사를 지닌 나라에서 태어났으니 그보다 좋은 본보기가 어디 있겠는가 싶은 거야. 평소 네 언행으로 봐서 너도 수긍할 만한 의견이라고도 생각되고.

물론 그처럼 세계적인 정치지도자가 되는 것만이 역사에 남는 길은 아니겠지. 너 유치원 때 꿈인 간호사가 되어 나이팅게일의 꿈을 이뤄도 가능하겠고 초등학교 때 꿈인 교사가 되어 현대의 페스탈로치가 되어도 가능하겠지. 하지만 너 자신의 생각도 그렇고 이 엄마가 보기에도 그렇듯이 우리의 현실세계에 보다 폭넓은 영향을 끼칠 사회적이고 체제적인 변화의 주도자가 되는 것이 네 적성과 성정을 한껏 살리는 길일 듯하구나.

그러자면 이제까지 남성들이 주역을 맡았던 영역들 가운데서 너의 자리를 단단히 확보해야 한다는 얘긴데, 이는 곧 엄청난 경쟁을 의미하지 않겠니? 물론 너희 세대는 남녀 간 경쟁이 사회 어느 분야를 막론하고 당연시되는 시대를 살고 있지. 그리고 너희들이 겪게 될 그 경쟁의 스트레스는 엄마 세대나 그 전세대의 일하는 여성들이 겪던 것과는 차원이 다르게 첨예할 것으로 짐작돼. 왜냐하면 너희와 선의의 경쟁을 하기보단 전통적 기득권을 내세워 어떻게든 너희를 보조수단화하려 드는 남성들은 여전히 없어지지 않을 텐데 그럴 경우 남녀평등을 어려서부터 교육받은 너희는 전 세대들과는 달리 정면 대응하려 들 것이기 때문이지. 다시 말해, 동족상잔의 전쟁에 못지않은 비극이 남녀 간의 범사회적 갈등으로 빚어질 수도 있다는 얘기야.

그런데, 이러한 예상 갈등을 한 번 뒤집어 생각해 보자꾸나. 뫼비우스 띠의 양면처럼 세상사는 상반되는 것처럼 보이는 측면들이 사실은 한 맥락으로 연결되는 동일체인 경우가 많단다. 그래서 자신의 입지를 구축하기 위해서 종래에 남성들이 해왔던 방식으로 상대방을 제압하여 보조 수단화하는 것은 사회 전체로 볼 땐 잘해야 제자리걸음일 뿐더러 나아가서 자신이나 전체의 발전을 그르치는 일이 될 거라는 생각이야.

예를 들어 요즘 사회적 이슈가 되고 있는 국내 저출산율 문제를 보면, 자녀 양육 및 교육 여건의 어려움을 핑계로 젊은 여성들이 자녀 낳기를 꺼려한다는 것인데 과연 그것이 모든 진실일까? 우리보다 훨씬 여성의 사회진출이 앞서고 보편화된 서구에서도 이렇게까지 극단적인 현상을 보이는 경우가 없는데 유독 우리 젊은이들이 그러는 이유는 무엇일까? 엄마 나름대로 그 이유를 헤아려본 결과 이런 추측도 드는구나. 지난 수백 년 동안 유교 전통하에서 여성들의 사회적 역할이 너무도 제한된 영역에 묶여 있어 온 그 반작용으로 현대 한국의 여성들은 서구보다 오히려 심화된 형태의 자의식을 발동시키는 게 아닌가 하고. 오늘날 우리 젊은 여성들의 자의식은 사실 남성들과의 효과적인 경쟁을 위해 '탈여성화'를 추구하다 보니 가장 은혜롭고 축복받은 여성성인 모성성마저 거추장스럽게 여기게 되지 않았나 싶어, 좀 이기적이라는 느낌을 주는구나.

물론 너는 그런 근시안적 자의식의 소유자가 아니라는 걸 엄마는 잘 알고 있다. 네 포부대로 역사적 자취를 남기는 인물이 되려면 힘과 지식과 근성을 연마하는 것이 무엇보다 필요하겠지. 그러나 진실로 아름다운 자취를 남기려면 네 안에서 한없이 깊고 부드럽고 아름다운 여성성을 계발하는 노력이 그보다 더 요구된다고 생각해. 엄마와 네가 다 같이 존경하는 넬슨 만델라는 남성이지만 그러한 노력을 아끼지 않은 드문 인간형이라고 믿어져.

그러니 하루가 다르게 푸르고 힘차게 뻗어 오르는 나의 자랑스러운 가지야, 한 가지 당부하련다. 힘, 열정, 지식, 끈기, 용기 등 일반적으로 남성적 덕목으로 분류되어 온 것들을 공들여 닦아가는 한편 유연성, 섬세함, 지혜, 인내, 겸손 등의 여성적 덕목들을 결코 소홀히 말고 너의 가장 큰 장점으로 체질화시키기 바란다. 그것들이야말로 이 질곡의 세상을 평화로 이끌 수 있는, 무엇보다 효과적인 선善의 수단이라고 이 엄마는 확신하기 때문이다.

현모열전 賢母列傳

'조용한 아침의 나라'로 불리는 한 동방국에서
어느 날 나라님의 지시로 '장한 어미 대회'라는 것이 열렸다.

'조용한 아침의 나라'로 불리는 한 동방국에서 어느 날 나라님의 지시로 '장한 어미 대회'라는 것이 열렸다. 나라 방방곡곡에서 각계각층의 아낙들이 구름처럼 몰려들어, 그 행사는 당시 선풍적인 인기를 누리며 해마다 열기를 더해 가던 '규수 맵시대회'를 능가하는 성황을 이루면서 거행되었다. 팔도의 수십 개 고을에서 엄선해 올려 보낸 후보들은 하나같이 쟁쟁한 이력을 지닌 여인들로서 우열을 가리기 힘들었으나 결국 고명한 조정대신들로 구성된 심사위원단의 신중한 판단에 의해 세 사람의 수상자가 탄생하였다. 그들은 각각 맹자어미 상償, 석봉어미 상, 율곡어미 상에 해당하는 상패와 함께 그들이 사는 마을 입구에 어사화御使花 문양을 새긴 홍살문을 세워 공적을 자자손손 기억하게 하겠다는 나라님의 언약을 부상으로 수여받았다.

그 대회가 열리게 된 본래 취지는 당시 그 나라가 심각하게 봉착해 있던 인재 기근 현상을 해결해 보려는 조정의 노력과 연관된 것으로 백성들에게 인재양성의 중요성을 인식시키고 그에 대한 책임의식을 함양하자는 데 있었다. 그러므로 수상자를 선정함에 있어 자식을 인재로 길러 내고자 하는 실천적 의지가 얼마나 투철했는가를 평가기준으로 삼은 건 당연한 일이었다.

그날 뽑힌 세 수상자에 대한 선정 이유를 적은 방문榜文은 이후 나라 안 각 고을 수령들에게 전달되어 관청 담벼락에 나붙었는데, 이에 자식 가진 아낙들이 크게 자극을 받아 그들은 현모삼절賢母三絶로 추앙 받으며 그 나라 규방문화에 지대한 영향을 미쳤다고 출처미상의 한 문헌이 전하고 있다. 여기에 한문으로 된 그 방榜의 내용을 오늘의 독자를 위해 현대어로 옮겨 보니 온고지신溫故知新의 자료로 삼으시기 바란다.

一, 맹자어미 상

본 상을 받는 서울 강남골 복 씨 부인은 맹모삼천지교孟母三遷之敎의 지혜를 일찍이 터득하여 자식을 장안의 유수 학당에서 공부시키고자 수차례 이사를 통해 자식이 최고의 여건 속에서 학문의 기초과정을 이수할 수 있도록 힘써왔다. 그리고 자식이 십육 세에 이르러 나라 안의 학제에 불만과 적응의 어려움을 표시하자 지체 없이 대국大國 유학의 길을 주선하여 그곳 수도의 일류 사학私學에서 해당과정을 마칠 수 있도록 했다. 그 후 자식이 상급 학당 진학에 회의를 느끼고 방황하자 집안의 옥답을 일부 처분하여 그 학당에 기부금을 냄으로써 단기간에 졸업이 가능하도록 손을 써서 자식이 내로라할 학력을 지니고 금의환향할 수 있도록 조치했으며, 자식이 귀국 후 세도가의 집안과 혼사를 성사시켜 집안의 가업인 토지매매 중개업을 조정의 이해利害와 상호부조 하는 관계에서 번창시켜 나갈 수 있도록 하였으매, 자식의 성공을 위해 체면에 얽매이지 않는 그 맹렬한 실리주의적 노력을 높이 사 수상자로 선정한다.

二, 석봉어미 상

본 상을 받는 황남도 용고을의 연 씨 부인은 유복자로 낳은 두 살 된 어린 자식이 지극히 영특함을 보이매 영재교육을 시키기로 마음먹고 이십 리 떨어진 곳의 한 유명한 서당으로 일 년 삼백육십오일 비가 오나 눈이 오나 자식을 업어 나르며 공부를 가르쳐 왔다. 그 서당은 특수영재교육을 하는 곳으로 연 씨의 자식은 특히 어학에 재능이 있어 대국어大國語를 집중적으로 공부시켰는데,

이는 그 어미의 시대를 읽는 안목이 범상치 않음을 드러내 주는 것으로 주위 사람들이 모두 그 탁월한 교육적 선택을 칭송하였다.

그러나 남편을 여의고 혼자 힘으로 어렵게 살아가던 연 씨는 그때까지 해 오던 삯바느질과 품앗이 노동으로는 그 특별한 서당의 엄청난 학비를 감당키가 어려웠으매 숙고 끝에 성내의 가장 큰 주막에서 술을 치는 접대부 일을 하기 시작했으니 수입이 크게 늘어 자식의 학자 비용을 넉넉히 댈 수가 있게 되었다. 그러는 중에도 틈만 나면 자식을 앉혀 놓고 그 동안 배운 것을 큰 소리로 외우게 했는데, 그럴 때면 자신이 술청에 나가서 창을 할 때 두드리는 장고를 가져다가 곁에서 운율을 넣으며 지켜보매 자식의 공부가 일취월장 아니 할 수 없었도다.

그리하여 그 자식은 십삼 세에 나라에서 주관하는 대국어 통역 고시에 장원 합격하기에 이르렀으니 이후 대국과 관계하는 관리나 무역상 또는 대국 사절들의 고용 요청이 쇄도하여 약관 이십 세에 나라 안에서 가장 벌이가 좋고 촉망받는 젊은이로 인정받게 되었으매, 그 어미 연 씨의 눈 밝은 선견지명과 자기희생적 투자를 높이 인정하여 수상자로 선정한다.

　三, 율곡어미 상

본 상을 받는 해동도 능고을의 지 씨 부인은 그 지역의 손꼽는 사대부 가문 정경부인으로서 서화書畵에 출중한 조예가 있어 일찍이 처녀 적부터 이름이 난 사람이다. 마흔이 넘어 뒤늦게 자식이 태어나자 어려서부터 자신이 직접 지도하여 서화의 기초를 익히게 하는 한편 고명한 선생들을 집에 모셔 와 사서삼경 등의 고전교육은 물론 수리학數理學, 의학醫學, 악학樂學, 천문학을 아우르는 광범위한 교육을 실시하여 사통팔달의 지식인으로 키워 내고자 힘쓰니 그 자식이 십팔 세에 이르러 근동에선 이미 그의 학문에 필적할 자가 없으매 서울 유학을 보내게 되었다.

자식이 서울 최고 국립학당에서 수학하는 동안 그 어미는 수시로 올라와 그의 경쟁력을 점검하고 한시도 뒤처짐이 없도록 독려했으니 자식은 어미의 그러한 기대와 열의에 힘입어 동학同學들을 제치고 승승장구 선두로 학업을 진전시켰더라.

금년에 졸업함과 동시에 나라에서 실시하는 과거科擧 예비고시에서 장원을 하였으니, 주위에서 내년 본 고시에서도 장원을 하리라 촉망받는 가운데 귀향하여 정진하고 있으매 그 어미 또한 밤낮을 함께 지새우며 자식의 공부를 뒷바라지함에 있어 추상같은 꼿꼿함과 화로 같은 열정을 견지하니 이웃의 감탄을 자아내더라. 이에 지 씨의 앞서가는 종합적 교육 감각과 시대 흐름에 부합

되는 무한경쟁 이념을 널리 고취한 공을 높이 평가하여 수상자로 선정한다.

흥미롭게도 그 저자 미상의 문헌에는 마지막 쪽에 가서 일종의 에필로그 형식의 글이 덧붙여져 있는데 그 내용이 이러하다.

'장한 어미 대회'는 그로부터 수십 년간 이어지며 해마다 권위와 성과를 더해 갔는데 수많은 이상적 어미의 전범典範을 탄생시킴으로써 나라 역사의 주역이 될 인재를 배출하는데 혁혁한 공을 세웠다. 그러나 인간사 모두가 그렇듯이 도중에 부정적 결과로 나타나는 사례도 왕왕 있어서 인재들의 일탈적 행위 즉 자살, 국정사범, 국제 사기 따위로 물의가 빚어지기도 했으나 도도히 뻗어나가는 여인들의 치열한 교육열을 흘어 놓지는 못했으니, 한때 어느 이름 없는 선비가 그 첫 수상자들을 맹모삼졸孟母三拙이라 일컬으며 혹평하여 논란을 일으킨 일도 부질없는 붓놀림의 경망에 불과했도다.

3부 바늘귀의 비밀을 안 낙타

토끼와 주인

나는 왜 그 녀석이 믿지 않을까?
잘하는 게 하나도 없고 이쁜 짓도 하나도 안 하는 그 짐승을 왜 키우는 걸까?

살다 보면 나 자신이 몹시 한심하게 여겨지는 때가 있다. 남의 눈에 우습게 비칠 만한 행동을 했다던가, 주변의 기대를 저버리는 무능함을 드러냈다던가 하는 경우라고 다 그런 건 아니다. 누구에게나 자기 자신만이 아는 '못남'은 있게 마련이라 생각한다. 하지만 그 못남을 남들이 눈치 채지 못한 것에 안도하여 개선의 노력은 뒷전인 채 같은 잘못을 되풀이하고도 들키지 않는 요행이나 다시 바라는 자신의 모습을 문득 돌아보게 될 때, 나는 내가 정말 창피해진다. 그럴 때 자신을 돌아보게 만드는 것은 처음부터 나의 우스꽝스러운 꼬락서닐 다 알고도 내내 모른 척 해준 어떤 존재에 대한 각성이다. 그 존재가 누구겠는가. 잘난 이에게나 못난이에게나 햇빛과 비를 똑같이 내려주시는 분, 그분일 밖에!

우리 집에는 까만 수토끼 한 마리가 산다. 어느 날 길거리 좌판에서 어린애 주먹만 한 놈을 사다 키우기 시작했는데 어느새 성인 토끼가 되어 남자 어른 두 주먹을 합한 크기만큼 자랐다. 먹기도 수월찮게 먹어, 한 됫박은 족히 될 사료 한 봉지를 보름이면 해치우고 과일 껍질 따위의 부식도 끊이지 않고 대줘야 한다. 똥은 또 얼마나 싸는지! 쥐눈이콩 같은 걸 줄줄이 뽑아내니 제 우리에 매달아놓은 플라스틱 똥통이 하루만 지나도 수북이 차올라 이틀이 멀다하고 치워줘야 한다. 게다가 털갈이는 왜 그리 자주 해대는지, 이리저리 몰려다니는 털 뭉치 때문에 온 집안이 솜 트는 공장 같다. 그렇다고 이 짐승이 강아지나 고양이처럼 주인한테 재롱을 떨 줄 아나, 집을 지킬 줄 아나, 쥐를 잡을 줄 아나…….

정말 쓸모라곤 찾아보기 힘든 녀석이다. 옛날처럼 토끼털 누빈 남바위를 쓸 일도 없고 말이다. 그런데 이놈은 그 새까맣고 형형한 눈빛이 당당함으로 가득차서 주인한테 자기가 얼마나 하찮은 존재로 비칠지 따윈 아랑곳하지 않는 듯하다. 한 마디로, 자기를 먹여 살리고 거둬주는 주인의 눈치를 전혀 보지 않고 오직 자기 생겨먹은 대로 행동하는 무개념 족이다.

그런데 나는 왜 그 녀석이 밉지 않을까? 잘하는 게 하나도 없고 이쁜 짓도 하나도 안 하는 그 짐승을 왜 키우는 걸까? 생각해 봤지만 확실한 이유를 아직 잘 모르겠다. 다만 한 가지, 녀석은 내게 버림받으면 살 길이 없다는 것, 그 사실을 늘 마음에 두고 있긴 하다.

그래서 감히 추측해본다. 내가 아무리 못나고 잘하는 게 없어도 그분은 나를 버리지 않으실 거라고. 왜냐하면 그분에게 버림받으면 나는 살 길이 없기 때문이다.

어느 은메달리스트의 천국

아! 이 은메달은 금메달이로구나. 문제아 금메달이 아닌 천사표 금메달.
내게 순수가 무엇인지 가르쳐주는 천사!

한 아이가 있다. 신학기 첫날 출석을 부르는 순간 그 애는 담임선생님 머릿속에서 '은메달'로 분류된다. 동화작가이기도 한 담임은 학급의 말썽꾸러기들을 문제성의 진행 정도에 따라 금, 은, 동메달로 등급을 매겨왔다.

자신도 모르게 올해의 은메달이 된 아이는 그 영예에 걸맞게 온갖 문제성 행동을 일삼는다. 아이는 초등학교 3학년생이 갖추어야 할 최소 학습력조차 결여하고 있다. 반면에 떠들기, 싸우기, 짝꿍이나 여자애들 괴롭히기, 교실 어지럽히기, 수업시간에 딴청 부리기 등에서는 발군의 실력을 보인다. 자연히 담임은 아이를 수시로 나무라고 벌주고 제재하게 된다. 그래도 전혀 개선될 조짐이 없는 가운데 2학기가 되고 아이는 변함없이 은메달리스트의 면모를 과시한다.

담임이 아이의 등급을 금메달로 '상향' 조절하고 개조의 노력을 포기하려던 즈음, 하루는 급식 봉사 나온 학부모들 틈에서 허리가 꼬부라진 할머니 한 분을 발견한다. 알아보니 바로 은메달의 할머니이다.

맞벌이 부부인 아이의 부모 대신 학부형들이 순번제로 돌아가며 맡는 급식 봉사에 나온 것인데, 전철을 두 번씩 갈아타며 1시간 반이나 걸리는 곳에서 매일 오는 눈치다. 그래서 담임은 학부형들과 의논하여 할머니의 급식 봉사를 면제시켜 주기로 하고 그만 나오시라고 말한다.

할머니는 머리를 조아리며 감사를 표하면서도 그 특혜를 사양하며 이렇게 대답한다. "아닙니다. 우리 손주가 얼마나 선생님을 존경하고 사랑하는데, 제가 발품을 팔아 이런 봉사라도 해야 조금이라도 보답이 되지 않겠어요."

담임은 머리를 망치로 얻어맞은 듯 충격을 받는다. 은메달이 나를 존경하고 사랑한다고? 허구한 날 야단치고 벌주고 그랬는데? 그래서 되묻는다. "그 애가 나를 좋게 얘기하던가요?" 할머니는 주름살을 깊게 접으며 해맑게 웃는다. "그럼요. 매일 선생님 얘기를 해요. 저한테 엄청 잘 해 주신다고."

담임은 또 한 번 망치 세례를 받는다. 아! 이 은메달은 금메달이

로구나. 문제아 금메달이 아닌 천사표 금메달. 내게 순수가 무엇인지 가르쳐주는 천사!

그는 갑자기 마음이 풍요로워진다. 모두가 사랑스럽고 세상 모든 것이 아름답게 느껴진다. 가슴 깊은 곳에서 어떤 소리가 들린다. '하느님 나라는 이 어린이와 같은 이들의 것.'

목욕탕에서 만난 착한 사마리아인

선행이나 덕행은 어찌 보면 참 쉬운 것이다. 도처에 기회가 널려 있는데
우리는 너무 '폼 나는' 것만 염두에 두고 있어 그 기회들을 놓치는 게 아닐까.

나는 내가 도리 없이 한국인임을 목욕탕에서 확인하곤 한
다. 평소 이틀이 멀다 하고 샤워를 하는데도 보름에 한 번 정도는
목욕탕에 가서 푹 불려 때를 박박 밀어내야 인생이 좀 개운하고
살만하게 느껴지는 게 여느 나라 사람들과 확실히 다른 것이다.
그래서 다양한 형태의 목욕시설들이 늘 성업 중인가 본데, 그중
에서도 목욕관리사(속칭 때밀이)라는 직능인의 존재는 이 시설들
의 매력을 배가시킨다. 몸이 아프거나 기운이 없으면 목욕 갈 엄
두를 못 냈던 예전과 달리, 경비만 좀 들이면 누구나 클레오파트
라 같은 호사를 동네 목욕탕에서 할 수 있게 된 좋은 시절이다.

물론 나도 때때로 동네 클레오파트라가 되어 보고픈 보통 아낙
이기에 일 년에 한두 번은 '수만 금'을 들여 목욕탕에서 그 서비
스를 받기도 한다. 하지만 금액이 만만찮기에 평소 웬만하면 손

바닥만 한 때타월 하나에 의지하여 스스로 해결을 하는 편이다.

　문제는 등짝인데, 제 아무리 팔이 낙지처럼 길고 유연한 사람이라도 도저히 안 닿고 힘이 미치지 않는 부위는 있게 마련이라 등을 밀 순서가 되면 자연히 주위를 둘러보게 된다. 그런데 요즘은 혼자 온 이들 중에서도 서로 등 밀어주자는 제의를 반기는 사람이 드물다. 모두 각자 대충 해결하거나 목욕관리사를 불러 등을 민다. 몇 차례 시도하다가 번번이 거절당한 나는 이제 으레 그러려니 포기하고 내 몸이 잘 허락하지 않는 고난도 요가 자세를 나름대로 잡아보며 그 결정적 부위를 해결하려 들지만 결국은 '미개척지'로 남겨둔 채 목욕을 끝내고 온다.

　며칠 전 나는 이 난감한 일을 자청해서 해결해 주고 아무 대가도 바라지 않는 '착한 사마리아인'과 조우하는 드문 행운을 누렸다. 그날따라 지병인 견비통이 심하여 한의원에 가서 부항을 뜨고 온 뒤라 어깨는 온통 검붉은 부항 자국으로 얼룩져 있었다. 그래도 예의 요가 자세를 취하며 등을 밀어보려고 팔을 뒤트는데 누군가 뒤로 다가오며 내 때타월을 낚아챘다. 놀라 뒤돌아보니 한 초로의 아주머니가 미소 띤 얼굴로 내려다보며 말했다. "아까 탕 속에 있을 때부터 봤는데 이렇게 아픈 몸을 해 가지고 어떻게 혼자 등을 밀겠다고 그래요? 누구한테라도 부탁하지." 나는 민망하고 멋쩍은 마음에 솔직히 얘기하지 못 하고 엉뚱한 핑계를 댔다. "아, 제가 오늘 컨디션이 별로라서 다른 사람 등을 제대로 못 밀어줄 것 같아서요." 아주머니가 풋, 하고 웃으며 대꾸했다. "걱정 말아요. 난 우리 딸하고 같이 왔으니……. 어서 등이나 이리 대요."

그러고서 아주머니는 부위에 따라 강약을 조절하며 구석구석 때를 밀어주었는데, 어릴 적 어머니 따라 목욕 다니던 때 이후로 처음 느껴보는 참으로 따스하고도 시원한 손길이었다. 아주머니는 그걸로 그치지 않고 어깨 안마까지 한참 해준 뒤에야 자기 딸이 있는 목욕탕 반대편 자리로 돌아갔다.

이제부터 나는 목욕탕에 가면 나 자신이 착한 사마리아인이 되어줄 수 있는 대상을 열심히 찾아보려 한다. 선행이나 덕행은 어찌 보면 참 쉬운 것이다. 도처에 기회가 널려 있는데 우리는 너무 '폼 나는' 것만 염두에 두고 있어 그 기회들을 놓치는 게 아닐까. 그래서 내가 그랬던 것처럼 이기利근가 자립自立인양 착각하고 서로의 어려움을 외면하는 게 아닐까.

오래 기다리고 다함없는 사랑

인간이 체험할 수 있는 가장 영롱한 형태의 감정이라는 남녀 간의 사랑. 오늘날 그 영롱한 감정은 어디로 다 증발하고 '교접' 과 '야합' 이 사랑의 이름으로 판치고 다니는 세상이 되었을까?

얼마 전 외출했다 돌아오는 전철 안에서 어떤 사람의 어깨 너머로 대중 주간지를 훔쳐보게 되었다. 내 시력으로 읽어 낼 수 있었던 큰 활자들이 전하는 내용들은 하나같이 스산하기 짝이 없는 것이었다. 중학생 원조 교제, 출장 퇴폐 마사지, 러브호텔 몰래카메라, 유명 여가수 포르노 비디오, 사업가 개그맨 강간 논란……. 온통 천박한 애욕에 사로잡혀 돌아가는 세상의 음험한 살풍경에 나는 갑자기 으슬으슬한 한기를 느끼면서 몸이 욱신거리기 시작했다. 그것은 내게 익숙한 심인성 증세로서 일종의 정서적 몸살이었다. 그럴 때 내가 스스로 처방하여 쓰는 약이 있다. 그것은 다름 아닌 고전 읽기인데, 그 중에서도 중년이 되어서야 인연이 닿게 된 한방치료제가 하나 있으니 〈삼국유사〉라는 책이다.

집에 돌아온 나는 따뜻한 차 한 잔을 만들어 들고 내 방의 가장 아늑한 자리로 가서 삼국유사를 펼쳐 들었다. 늘 그러듯이 무작위로 펼친 페이지에서 눈이 먼저 가 닿는 곳부터 읽어 내리는데, 그날은 '도화녀와 비형랑' 의 이야기가 사향麝香이 들어간 탕약처럼 향기롭고 몽롱하게 내 추운 가슴을 따스이 적셨다. 그 내용을 대강 간추려 보면 다음과 같다.

6세기 신라에 사륜舍輪이라는 임금이 있었다. 그는 즉위하여 나라를 다스린 지 4년 만에 정치가 문란하고 종작없이 음탕하여 나라 사람들이 그를 임금 자리에서 몰아내었다. 이에 앞서 어떤 백성에게 자색이 매우 아름다워 사람들이 도화桃花라 부르는 딸이 있었는데 소문을 듣고 왕이 궁중으로 불러들여 상관을 하려고 하니 죽음을 내리더라도 두 남편을 섬길 수 없다 하며 단호히 거절하였다. 왕이 장난말로 남편이 없으면 되겠냐고 물으니 여자가 그렇다고 대답하므로 왕은 그녀를 놓아 보냈는데, 바로 이 해에 그는 임금 자리에서 쫓겨나고 죽었다.

그 후 2년이 지나 여자의 남편도 역시 죽었는데 그로부터 열흘 만에 갑자기 밤중에 죽은 왕이 평상시처럼 여자의 방을 찾아와 말하기를 "이제 네 남편이 없으니 네가 예전에 승낙한 대로 내 말을 듣겠느냐?" 하였다. 이에 여자는 부모의 승낙을 얻어 마침내 왕과 합방을 하였다. 왕이 머무는 동안 오색구름이 지붕을 덮고

향기가 방에 가득하더니 이레가 지난 후 왕이 홀연히 자취를 감추었고, 여자는 곧 태기가 있어 달이 차자 천지가 진동하는 가운데 사내아이를 하나 낳았다.

이 아이가 나중에 자라 귀신들을 자유자재로 부리는 재주로써 나랏일을 크게 돕는 비형랑鼻荊郞으로, 후에 사람들이 '가륵한 임금의 영혼이 낳은 아들'이라 일컬으며 그의 행적을 기리는 글을 써서 귀신을 내쫓는 풍속이 생겼다고 한다.

나는 이 일화가 삼국유사에 나오는 남녀 간의 사랑을 소재로 한 이야기들 중에서 처용설화와 더불어 가장 아름답고 독특한 것일 뿐 아니라 동서고금의 수많은 사랑 이야기들과 비교해서도 그 유례를 찾아보기 힘든 신비로움과 멋을 지닌 것이라 생각한다. 요즈음 신화읽기 붐이 독서계에 일고 있다는데, 예나 지금이나 그 계통의 베스트셀러 자리를 굳건히 지키고 있는 그리스 신화를 봐도 그렇듯이 대개의 사랑 이야기가 질투와 애욕의 파행적 텍스트로 이루어져 있다. 고금의 최대 베스트셀러인 구약성서도 그 예외가 아니어서 가령 사무엘기 하권의 '다윗 왕과 바쎄바' 이야기를 읽노라면 앞서 소개한 '사륜왕과 도화녀' 이야기와 거의 대칭적 구조를 이루고 있다는 흥미로운 사실을 발견하게 된다.

간략히 비교 정리해 보자면, 다윗왕은 정치를 잘 해 백성들의 존경을 받는 명군明君임에도 불구하고 부재중인 신하의 아내 바쎄바를 거리낌없이 데려다가 불의한 방법으로 자기 소유로 만들어 버리는 데 반해, 사룐왕은 비록 백성들의 인심을 잃은 우군愚君이지만 사랑하는 여인의 의사를 존중하여 죽어서까지 기다려야 할 시간을 기다린 후에 혼백으로 나타나 다시 구애하는 지극한 예禮를 보인다. 그 결과, 다윗은 야훼의 견책을 받아 아들을 잃는 고통을 겪게 되지만 사룐은 오히려 폐위되고 죽은 후에 '갸륵한 임금'으로 새롭게 평가되는 아이러니가 발생한다.

두 왕이 모두 한 여자에 대한 사랑에 천착한 것은 마찬가지지만, 그 사랑의 차원은 현저하게 다르다고 볼 수 있지 않을까? 다윗의 사랑이 따지고 보면 몸의 범주를 벗어나지 못하는 애욕의 차원인 반면, 사룐의 사랑은 영육간의 온전한 통교를 추구하는 고차원의 것이 아닌가.

전자는 자신의 욕망이 너무 중요한 나머지 상대방의 입장이나 의사를 염두에 두지 않는다. 그에게 있어 사회의 금제禁制는 오히려 욕망을 부풀리는 요건의 하나일 뿐이다. 그러기에 그는 욕망의 충족을 위해 거리낌 없이 행동함에 있어 죄의식을 느끼지 않는다. 그는 '현명한' 자이므로 시간과 에너지를 가급적 적게 들이고 현실적 소득이 확실한 투자를 선호한다. 다윗형의 사람은 현대에서라면 편지 쓰고, 꽃 바치고, 세레나데 부르는 정도의 로미오 식 공들임도 너무 지루하게 여겨져 인터넷 채팅 몇 번 후에 러브호텔로 직행하는 '실속파' 노선을 취할 것이다.

한편, 사륜형의 사람에게는 몸과 넋이 다 같이 만나지 않는 사랑은 의미가 없다. 사회의 금제를 무시해 버릴 수 있는 권능을 가졌다 할지라도 상대가 원하지 않으면 그 넋을 얻지 못하는 것으로 여기기 때문에 상대가 준비될 때까지 언제까지라도 기다린다. 살아서 그 순간이 오지 않으면 죽어서까지라도 기다린다. 시공을 넘나드는 사랑이기에 가장 예스러운 동시에 가장 미래적인 사랑이다. 그러나 불행히도 우리가 살고 있는 시대에서 그러한 사랑을 목격하기란 거의 불가능한 일인 듯하다. 왜냐하면 우리는 예스러운 것은 이미 다 잊어버리고, 미래적인 것은 아예 생각지를 않고, 그저 찰나에만 집착하는 단세포적 존재들로 변해 가고 있으니까.

인간이 체험할 수 있는 가장 영롱한 형태의 감정이라는 남녀 간의 사랑. 오늘날 그 영롱한 감정은 어디로 다 증발하고 '교접'과 '야합'이 사랑의 이름으로 판치고 다니는 세상이 되었을까? 우리 중에 도화녀와 사륜을 본받아 사랑의 예禮와 영속성에 눈을 떠서 귀하고 오묘한 기쁨을 얻으려는 사람은 이제 없는가.

성경은 나의 영원한 술래

어느 순간 내가 생각했던 '자유로움'은 '자유'가 아니라는 각성이 찾아왔다.
내가 찾아간 게 아니라 나를 찾아온 그 각성은 바로 성경과의 인연이 재개된 시점에서
이루어졌다.

어린 시절 술래잡기 놀이를 해보지 않고 자란 사람은 거의 없을 것이다. 일반적으로 이 술래잡기란 것은 한 쪽이 술래가 되어 다른 쪽을 찾아내고 그런 다음에는 술래에게 잡힌 쪽이 술래가 되는 게 원칙이다. 하지만 예외적으로 그렇지 않은 경우도 있어, 한 쪽은 늘 일방적으로 술래를 하고 다른 한 쪽은 숨기만 한다. 돌이켜 보니 나는 성경과 바로 그러한 관계 속에 살아왔다는 생각이 든다.

내가 성경을 접한 가장 이른 기억은 첫영성체를 준비하기 위해 수녀님이 가르치는 교리공부를 할 때로 거슬러 올라간다. 그때만 해도 내가 다니던 시골 성당에서 미사란 것은 독일인 신부님이 전례의 대부분을 라틴어로 집전하고 어른을 대상으로 하는 강론만 우리말로 하는, 아이들한테는 도무지 요령부득의 '컨텐츠'였다.

사제의 입에서 '하느님의 양 새끼'란 말이 나와도 우리 아이들은 원래 그런 것이려니 믿던 때라, 교리반 수녀님이 성찬의 전례를 받드는 법을 설명하면서 영성체 빵을 혹여 실수로 씹거나 부스러뜨려 붉은 피가 샘처럼 솟구쳐 입 안 가득 고이는 불상사를 경고했을 때 나는 그 끔찍한 광경을 떠올리며 진저리를 쳤었다. 또한 주일미사를 빼먹거나 고해성사를 제때 보지 못하면 대죄를 짓게 되어 지옥의 유황불 속에서 마귀들의 삼지창에 꼬치구이처럼 꿰어 휘휘 돌려지는 징벌을 면치 못하리란 경고도 내 어린 영혼의 고지식한 감수성에 공포의 화인火印으로 새겨졌다.

그러한 초기교회적 성당과 정통파(?) 어머니의 종교 교육을 착실히 받으며 자란 시골 쥐가 열한 살 때부터 서울살이를 하면서 교회 안팎에서 서울 쥐들과 어울리며 받은 충격과 혼란은 결코 가벼울 수 없었다. 우선 2차 바티칸 공의회 선언의 행복한 세례를 온 가슴으로 맞아들인 아버지 이하 서울 식구들의 태도부터가 수상쩍고 불온하기 짝이 없었다. 집안에서는 신부님, 수녀님은 물론 스님, 목사님, 심지어는 천도교 법사들까지 드나드는 종교박람회 같은 광경이 심심찮게 목격되었고, 서가書架에는 주종을 이루는 기독교 문헌들과 더불어 화엄경에서 우파니샤드에 이르는 갖가지 세계 종교 서적들이 꽂혀 있었다.

어쨌거나 이런 분위기 속에서 서울 쥐로 진화하는 과정을 거치면서 그 전에는 성경책 갈피에 만화책 빌려볼 돈을 엄마 몰래 숨겨뒀다 그날 밤 꿈에 가위눌려 이불에 지도를 그리기도 했던 시골 쥐는 점점 가톨릭 전통이 처방하는 삶의 규범과 모상模相에 대해 둔감하고 냉담해졌다.

중학교를 졸업하고 집안의 특수한 사정으로 이른바 조기유학이란 걸 가게 되었는데, 70년대 초반의 미국, 특히 젊은이들의 사회는 이미 종교적으로 무정부주의 성향이 짙었다. 이후 30대 후반의 중년이 되기까지 20여 년에 걸쳐 나는 성경을 거의 들춰 보지 않고 살면서 아무런 가책을 느끼지 않았을 뿐더러 세상의 다양한 사상과 철학들이 내뿜는 현란한 향기 속에서 '앎이 너희를 자유롭게 하리라' 며 행복해 했다.

그러나 그 행복은 오래 가지 않았고, 어느 순간 내가 생각했던 '자유로움' 은 '자유' 가 아니라는 각성이 찾아왔다. 내가 찾아간 게 아니라 나를 찾아온 그 각성은 바로 성경과의 인연이 재개된 시점에서 이루어졌다. 나는 어느 날 미국의 한 대학가 책방에서 신약을 다원주의적 관점에서 접근하여 해석한 한 성서신학 책을 발견하여 번역하게 된 걸 계기로 성경을 다시 읽게 되었다.

그 뒤 성서 관련 서적을 또 한 권 번역했고, 귀국하여 창작 생활을 시작한 지 얼마 후 성서위원회의 부름으로 새 번역성서 편찬에 우리말위원 및 윤문위원으로 참여하게 되었다. 그리고 틈틈이 성서 소재의 작품(미니픽션)들을 써 왔고 지금도 쓰고 있다. 숨고 숨어도, 나의 술래 성경은 결국 나를 찾아내 제 앞에 앉히는 것이다. 데오 그라시아스!

장미꽃 향기의 구원, 나의 성모님

성모님께서 그 순간 나를 위로하고 격려하려 보내 주신 천상의 향기!
오, 구원의 어머니시여! 이렇게 제 곁에 계셨나이다.

오월이 되면 나는 무심결에 한 번씩 짙은 장미꽃 향기가 코끝에 스치는 걸 느끼며 비록 한 순간일망정 아득한 환희심에 젖곤한다. 그럴 때 나는 마치 성모님의 꿈결같이 부드러운 옷자락이 내 몸에 스치기라도 한 양 무한한 위안을 받는다. 물론 계절의 여왕이라 불리는 오월은 장미의 계절이기도 해서 집 주변 산책로나 공원 등에서 탐스럽게 피어난 장미꽃 군락과 마주치기도 하므로 실제로 그 향기를 맡는 일도 없지 않다.

그러나 내가 그러한 환각과도 같은 향기를 맡는 것은 전혀 동떨어진 상황에서다. 새벽녘에 설핏 잠이 깨어 여명이 어렴풋이 비껴 든 창을 향해 눈길을 던지다가, 밤늦게 글을 쓰다 피곤해진 눈을 비비며 기지개를 켜다가, 사람들과 복잡한 회합을 가진 후 전철에서 내려 지친 발걸음을 옮기다가, 식구들이 정신없이 먹고 나간 아침상을 치우며 뒷정리를 하다가……. 이렇게 장미꽃과 하등의 관계가 없는 일상적 상황에서 내가 그 향기를 맡는다는 것은 어쩌면 자기 위안을 위한 어떤 무의식적인 작용이 빚어낸 환각일지도 모른다.

환각이라 할지라도 이미 내 삶의 소중한 위안으로 자리 잡아 결코 잃고 싶지 않은 이 현상이 내게 처음 찾아온 것은 오년 전, '희망의 대희년'이라고 교회에서 이름 지은 2000년 오월의 일이었다.

그때 나는 화가인 남편이 대희년 기념 작품전을 준비하는 걸 돕느라고 열흘 가까이 함께 거의 밤샘을 했던 차였다. 주제가 '예수 수난'이었던 그 전시를 위해 십사처 판화 수십 세트를 프레스로 찍어내는 일과 도조陶彫 십자가상 백 점을 나무 액자에 앉히는 일 따위를 거드는 작업은 순전한 육체노동으로 나로선 결코 익숙치도 만만치도 않은 노동이었다.

일손도 시간도 워낙 부족하여 나 같은 얼치기 노동력까지 동원하긴 했으나, 남편은 빌빌 매면서도 끝까지 손을 놓지 않는 내가 어지간히 딱해 보였던지 전시회 바로 전날 밤 마지막 피치를 올려야 하는 단계에서 나보고 이제 그만 쉬라고 말했다. 내가 쉬면 나머지 일은 그 자신이 다 할 거라는 얘기로, 그렇게 되면 그는 전시장에 갈 때까지 한 순간도 쉬지 못할 거라는 건 뻔한 이치였다.

하지만 나는 뻔뻔해지기로 했다. 온 몸의 삭신이 해보지 못한 과도한 노동으로 쑤시다 못해 감각조차 마비되는 듯싶었고 열흘이나 제대로 잠을 못 잔 눈은 모래라도 들어간 듯 아리고 뻑뻑했다. 우리가 작업을 하던 남편의 화실에는 조그만 온돌방이 하나 달려 있었는데, 나는 그 방으로 가서 벌렁 드러누웠다.

그런데 생각과는 달리 엄청난 심신의 피로에도 불구하고 너무 피로해서인지 잠이 오지를 않았다. '이토록 우리가 애써 봤자 과연 저 작품들을 누가 거두어 주기나 하려는가?' 마음은 벌써 허탈감에 시달리며 모든 것을 부질없어 하는 쪽으로 치달았다. 두어 시간이라도 눈 붙이고 나면 남편을 잠시라도 쉬게 해주고 전시품을 차에 싣는 시점까지 몇 시간 더 일할 수 있을 텐데 싶었지만, 천근같은 몸이 잠들고자 용을 써도 의식의 불이 꺼져 주질 않는 거였다.

그때 내 눈길이 그 방에 놓여 있던 낡은 텔레비전에 가 닿았다. 텔레비전을 켜자 새벽이라 정규방송이 나오지 않아 리모컨으로 이리저리 채널을 돌리다가 유선방송으로 나오는 홈쇼핑 채널에 나도 모르게 채널을 고정시켰다. 마침 그 채널에서는 인테리어 리모델링 제품들을 소개하고 있었는데, 우아한 상아색 도자기 욕조에 물을 가득 받아 놓고 어떤 여인이 그 안에 세상없이 편안한 표정으로 들어앉아 있는 장면이 나오고 있었다.

나는 제품 소개를 하는 홈쇼핑 호스트의 말과는 관계없이 그 장면에 시선이 붙박였다. 더 정확히 말해 그때 내 시선을 사로잡은 것은 그 욕조에 받아 놓은 물에 가득 띄워 놓은 연분홍 장미 꽃잎들이었다. 아, 그 순간 왜 그렇게 그 장면에 빨려 들었는지…….

평소에 홈쇼핑 방송은커녕 일반 방송 시청도 거의 안 하는 내가 한 오분 넘게 그 상품 광고 영상에 홀려 있었던 이유를 나는 한참 후에야 깨달았다. 그 영상 속의 욕조 물에 띄워진 장미 꽃잎들에서 정신이 아뜩할 만치 짙은 향기가 풍겨 나왔던 것이다.

그것은 너무도 생생한 체험이어서 당시에는 환각이니 착각이니 하는 이성적 판단이 개입할 틈이 없었다. 그러므로 그 향기는 곧바로 성모님의 존재가 뿜어내는 향기로 내게 인식되었다. 성모님께서 그 순간 나를 위로하고 격려하려 보내 주신 천상의 향기! 오, 구원의 어머니시여! 이렇게 제 곁에 계셨나이다. 나는 그 당장 온갖 피로가 씻은 듯이 사라지고 온 몸에 힘이 샘솟는 걸 느끼며 자리를 차고 일어나 혼자 힘겹게 일하고 있는 남편을 도우러 방을 나왔다.

그 해 오월, 나는 새로이 성모님 신앙을 얻었고 어렵고 고달픈 시기에는 그분의 한없이 자애로운 위안과 베풂을 믿고 청하며 용기를 얻는다. 그래서 해마다 오월이 오면 내 안의 무언가가 이따금씩 장미꽃 향기를 '지어내' 그분과의 은밀한 믿음의 계약을 내게 일깨우는 게 아닌가 싶다.

빼앗긴 들에도 봄은 오는가

주님, 제가 어찌하면 좋을까요?
깊은 구렁 속에서 부르짖사오니, 제 비는 소리를 귀여겨 들어주옵소서.

우리나라의 봄은 점점 예전 같지가 않다. 꽃소식보다 먼저 달려오는 게 황사주의보가 된 지 벌써 여러 해다. 지난 수 주 동안 정체모를 무기력증에 시달려 온 내 몸과 마음 언저리에도 뿌연 흙먼지가 풀풀 날리고 있다. 지금은 부활절을 삼 주 남짓 앞둔 사순 시기인데, 웬일인지 내 마음 터는 메마를 대로 메마르고 척박해져서 풀 한 포기 돋아날 기미를 보이지 않는다. 그야말로 황무지나 다름없는 이 터에서 무슨 부활의 싹을 일궈낼 수 있을까? 내 영혼은 하루 종일 징징 운다. 나 어떡해, 나 어떡해…… 하고. 그런 내 귓가에 울려오는 시 구절이 하나 있다.

'지금은 남의 땅, 빼앗긴 들에도 봄은 오는가?'

대구지역의 대표 향토 문인인 이상화 시인은 이 시를 통하여 일제치하에서 민족이 겪는 울분과 애환을 표현하려 했다. '빼앗긴 들' 즉 잃어버린 국토와 주권을 절절히 그리며 회한에 찬 애모의 노래를 부른 것이다.

정말 그렇다. 나는 언제부턴가 내 영혼이 생장하고 안착할 농토를 누구에겐가 빼앗긴 느낌이다. 그 농토는 남의 손에 넘어가 내 영혼이 일용할 양식을 공급받을 수도, 경작의 보람을 맛볼 수도 없는 수상한 용도의 땅이 되어 버렸다. 그 식민의 땅은 이제 내 뜻대로 부릴 수 없는, 침탈자의 의도대로 하루하루 초토화되고 있는 혼돈의 땅이다. 무한경쟁주의, 물량주의, 계량주의, 기술만능주의, 신자유주의, 허무주의, 집단이기주의, 효용제일주의, 속도주의……. 이 수많은 질병 바이러스 같은 '주의'들을 퍼뜨린 괴력의 물신物神이 점령한 이래, 태어나면서 하느님께 상속받은 그 신성한 농토는 내가 더 이상 생명과 안식을 경작하며 살기 힘든 곳으로 변했다. 그래서 어느 순간 스스로 그 땅을 버리고 떠난 나는 지금껏 유랑자의 신세가 되어 버렸다.

'강가에 나온 아이와 같이 짬도 모르고 끝도 없이 닫는 내 혼아.'

상화시인이 이렇게 한탄했던 것처럼 내 영혼은 오늘도 떠돌고 떠돈다. 그래서 기도해야 할 시간에 음주가무에 빠져 있고, 가족을 위해 정성 담긴 음식을 마련할 시간에 컴퓨터 게임이나 홈쇼핑에 매달려 있고, 소속된 집단의 구성원들이 화합할 수 있도록 도와야 할 시간에 누군가를 흉보고 헐뜯고 소외시키고 있으며, 무엇보다 예수님의 처참한 수난을 묵상해야 할 시간에 자기 손톱 밑의 가시가 아프다고 있는 대로 엄살을 떨며 주변 사람들을 괴롭힌다. 한 마디로, 파산선언을 하고 구제금융을 기다리는 형국인 것이다.

'살진 젖가슴과 같은 부드러운 이 흙을 발목이 시리도록 밟아도 보고 좋은 땀조차 흘리고 싶은' 영혼의 농사를 새롭게 시작하고 싶다. 그래서 봄다운 봄을 맞고 싶다. 그러려면 먼저 내 안의 풀과 꽃이 새싹을 틔울 수 있도록 들의 토양부터 복구해야 할 것이다. 그렇게 되어야만 한다는 것을 나는 잘 안다. 그러나 찌들고 황폐해진 내 영혼의 기력을 추스르기가 도무지 쉽지 않다. 주님, 제가 어찌하면 좋을까요? 깊은 구렁 속에서 부르짖사오니, 제 비는 소리를 귀여겨 들어주옵소서.

고통의 늪은 은총의 샘

고통은 굉장히 많습니다.
그리고 저는 "왜?" 라고 물을 권리가 있습니다.

근년 들어 봄은 내게 점점 잔인한 계절이 되어가는 듯하다. 춥고 지루한 겨울의 터널을 빠져나와 만물의 기운이 새롭게 솟아나는 이때 어째서 나는 한없이 바닥으로 가라앉는 기분이 되는 걸까? 그 까닭을 정확히는 모르지만 아마도 새봄의 밝은 기운과 대비되는 내 안의 어떤 어둠이 자괴감의 그림자로 인해 더욱 짙어지기 때문이 아닌가도 싶다. 해마다 더 일찍 그리고 더 빈번하게 덮치는 황사바람 속이라고는 하지만 명랑한 봄새들의 지저귐에도 다투어 피어나는 봄꽃들의 향기에도 예전처럼 가슴이 설레지 않는 나의 상태는 확실히 이상하다.

언제부턴가 내 마음의 들판은 저 먼 고비사막 언저리의 불모지처럼 메마르고 삭막해져서 봄이 와도 새싹 한 톨 틔워낼 기미를 보이지 않는다. 온종일 무기력과 공허의 먼지바람에 시달리다보

면 어떤 때는 잠자리에 들어서 이대로 영원히 아침이 오지 말았
으면 하는 생각으로 취침기도를 대신하기도 한다. 이러한 봄앓이
를 올해는 유난히 심하게 겪고 있던 차 나는 무슨 은총의 작용에
선지 놀라운 책 한 권을 만나게 되었다.

이탈리아의 영성가 카를로 카레토의 저서 〈주여, 왜?〉는 책 제
목이 암시하는 대로 고통에 대한 책이다. 저자는 인간 삶이 필연
적으로 수반하는 고통에 대한 순차적이고 직접적인 해부를 통해
우리에게 근원적인 문제해결의 차원을 열어 보인다.

인간이란 생명체는 끊임없이 고통을 느끼며 우는 존재이다. 그
러다가 문득 억울한 생각이 들어 시시때때로 저항도 하는 존재이
다. 내가 왜 이렇게 울어야 하지? 내가 뭘 잘못했어? 왜 하필 나
야? 내가 왜? 카를로 카레토는 이 책에서 죄 없다고 믿어지는 자
기 자신 혹은 이웃이 고통 받아야 하는 이유를 도무지 이해할 수
없는 우리 보통 인간들의 가슴에 맺힌 통렬한 의문들을 하느님께
대신 물어준다. 주여, 왜? 그리고 친절한 담임선생님처럼 자신이
이미 거쳐 온 답풀이 과정을 하나하나 되짚어 보여준다.

카를로 카레토는 가장 회의적인 사람조차 자기도 모르게 고개
를 끄덕이지 않을 수 없는 방식으로 우리에게 고통의 비밀을 헤
쳐 보인다. 오랜 관상생활과 기도 속에서 자신이 깨닫게 된 하느

님의 뜻하시는 바를, 그는 이 책에서 그리스도인들에게 아주 친숙한 성서 내용의 인용과 함께 누구나 쉽게 알아들을 수 있는 비유를 써서 단순명징하게 펼쳐 보인다.

이 훌륭한 모범해답서를 얼마간 읽어 내려가는 동안 내 안의 어둠은 조금씩 엷어지는 듯 했다. 카를로 카레토는 이렇게 선언한다. '고통은 굉장히 많습니다. 그리고 저는 "왜?"라고 물을 권리가 있습니다 … (중략) … 이러한 모든 고통들에 아무런 의미가 없을 수는 없습니다. 하늘과 땅을 지어내신 그분이 아무런 까닭도 없이, 고통의 무거운 외투 속으로 우리를 삼키려고 하는 어둠을 우리에게 주신다는 것은 있을 수 없는 일입니다!' 그는 또 이렇게 천명한다. '보이는 것과 보이지 않는 모든 것은 하느님 나라의 〈되어가고 있는 실재〉이며 하느님과 우리들 자신은 하느님 나라의 실현자들인 것입니다.'

나는 뭔가 강력한 빛이 견고한 내 어둠의 벽을 뚫고 들어오는 느낌이었다. 세상이 다 귀찮아 방기했던 일들과 사람들이 하나둘 머리에 떠오르기 시작했다. 집안을 청소하고 목욕을 하고 옷을 갈아입고 수첩에 할일을 메모하고 사람들에게 전화를 걸었다. 허나 막상 외출을 하자 곳곳에서 환호를 지르며 피어나는 봄꽃들의 덧없는 위세에 또 금방 기가 질려 어둠의 처소로 되돌아가기 위해 허둥대는 내 영혼은 그리 쉽게 구원받을 기색이 아니었다.

인간 역사를 이뤄 온 사람들의 전체 수만큼이나 다양하고 제각각일 고통의 모습 중에 내가 요즈음 겪고 있는 고통은 어느 범주에 속하는 것일까? 나는 몸이 여기 저기 좀 부실한 데가 있긴 해도 큰 병을 앓고 있지 않다. 나는 부자도 아니지만 그리 궁핍하지도 않다. 지금은 다들 돌아가셨지만 엄부자모嚴父慈母 슬하에서 정다운 형제들과 함께 자라났다. 나는 내가 좋아하는 사람과 결혼하여 25년째 큰 갈등 없이 잘 살고 있으며, 슬하에 밝고 건강한 자식도 두고 있다. 나는 큰돈은 못 벌지만 사람들이 존중해 주는 직업을 갖고 있다. 나는 일반적으로 사람들과 잘 어울리며 원만한 인간관계를 유지해 왔다. 나는……. 이렇게 열거하다 보니 더더욱 나란 사람은 고통을 운운할 자격조차 없는 사람인 것처럼 느껴진다. 그런데 왜 나는 이렇게 주기적으로 침몰하여 다시는 재기할 수 없을 것처럼 절망의 늪에서 허우적대는 걸까?

나는 이 물음을 〈주여, 왜?〉의 제8장이 놀랍도록 또렷하게 다루고 있는 것을 뒤늦게 알고 감격했다. '사랑, 가볍게 볼 수 없는 것'이라는 제목이 붙은 그 장은 온통 사랑이신 하느님이 인간의 고통을 방치하는 그 모순을 정면으로 다룬다. 시편 137의 구절 '네 어린 것들을 잡아다가 바위에 메어치는 사람에게 행운이 있을지라.' 를 인용하며 하느님이 역설적 방법을 쓰시는 이유를 설명한다. 지상에서는 우리의 나약함으로 인해 이른바 '반대되는 것들의 종합' 이라고 하는 것을 통해서 진리에 접근할 수밖에 없다고.

그런 후 카를로 카레토는 자신의 깨달음을 선물로 내어놓는다. '고통과 눈물은 하느님이 보내신 것이 아닙니다. 그것을 불러들이고 선택한 것은 우리 자신입니다.' 그리고 제10장에 가서는 구약의 야곱 이야기를 인용하며 또 다른 깨달음을 보너스로 전해준다. '우리에게 내일을 향해 움직이게 하는데 고통보다 더욱 효과적인 박차는 없습니다. 그것이 하느님께서 야곱의 엉덩이뼈를 걷어차신 이유입니다.'

고통은 나의 성장에 필수불가결한 과정이며 내가 궁극적인 미래 즉 구원을 향해 나아가는 데 있어 더없이 값진 전략이란 것. 그 고통을 불러들이고 선택하는 주체가 하느님이 아닌 나 자신이라는 것. 이 두 가지 얘기는 내게 무엇을 의미하는가? 내게 외적으로 고통이 충분치 않을 경우 내적으로 그것을 불러들여서라도 고통과 함께 살아나가는 법을 배우는 것이 나의 구원에 투자하는 것이라는 이야기? 그렇다면 나의 이 봄앓이도 무의미한 좌절이 아닐뿐더러 영적으로 해이해졌던 안이한 삶에 찾아든 '야곱의 엉덩이뼈 차기'와 같은 은총의 발길질이 아니고 무엇이랴.

  아, 카를로 카레토 님, 정말 고맙습니다. 당신이 '주여, 왜?' 하고 함께 물어주셔서 저는 '왜, 주님인가?'를 새롭게 생각하게 되었습니다. 당신의 이 훌륭한 저서가 많은 이들에게 각자 나름대로 안고 사는 어쩌지 못할 고통에 대한 값진 깨달음의 계기가 되리라 믿습니다.

금빛의 조건

그러나 진짜 금을 칠한 것이 우리 눈에 더 찬란하지는 않다.
그래서 우리는 때로 합일과 진실을 접어두는 아름다운 거짓을 선호한다.

언젠가 19세기 프랑스 미술 전시회에 간 적이 있다. 거기
서 어떤 그림을 보고 떠오른 궁금증 하나가 다른 그림들을 보면
서도 내내 머릿속을 맴돌았다. 어째서 가짜가 더 아름다울 수 있
는 걸까?

이 화두를 던져준 것은 그날 관람한 작품들 중에 자크 블랑슈
란 화가가 그린 '모짜르트의 케루비노'란 신고전주의풍 유화였
다. 오페라 〈피가로의 결혼〉에 등장하는 시종 소년 케루비노를
그린 것인데, 나는 그 그림에서 다른 어떤 요소보다도 그 인물이
입은 금빛 새틴 바지에 깊이 매료되었다. 정확히 말하면 누런색
바탕칠 위에 흰색의 붓 터치가 만들어낸 금빛의 환시幻視가 경이
로웠다고 하겠다. 신기한 것은, 그렇게 만들어진 금빛이 그 그림
의 옷 격인, 진짜 금을 칠한 금박 액자의 금빛보다 오히려 더 확

실하게 금의 물질감을 띤 걸로 보였다는 사실이다.

나는 전시장을 한 바퀴 다 돌고 나서 다시 그 그림 앞으로 와 섰다. 그리고 가까이 다가갔다 멀리 떨어졌다 하면서 잘 살펴 본 결과 궁금증이 풀렸다. 그러한 환시의 효과는 거리距離가 담보되어야 발생하는 것으로 밀착을 삼가야만 지속이 가능한 것이었다. 가까이 바싹 다가가는 순간, 그것은 단순히 누런색과 흰색의 조합에 불과한 평범의 범주에 떨어지고 마는 것이다. 다시 말해, 밀착해서 보아도 금빛이 금빛이려면 진짜 금칠을 하는 수밖에 없다는 얘기다.

그러나 진짜 금을 칠한 것이 우리 눈에 더 찬란하지는 않다. 그래서 우리는 때로 합일과 진실을 접어두는 아름다운 거짓을 선호한다. 이 태도는 금보다 더 찬란한 금빛을 얻기 위해 불가피한 것이다. 금빛이 금의 빛보다 좋다면 어쩔 수 없다. 그러한 성향은 이 시대에 아주 흔히 관찰되는 것이기도 하다.

우리는 인생에서 '가진 것을 다 팔아' 얻고 싶은 무엇을 만날 때가 있다. 그럴 때 그 무엇의 성질이 '금빛'인지 혹은 '금의 빛'인지 한 번쯤 따져 보는 것도 우리 삶의 질質을 관리하는 한 방법이 되지 않을까 싶다.

밥의 시간, 술의 시간

밥이란 본디 '받듦'에서 나온 말이며 우주섭리의 '계심'이 다 밥 한 그릇에 들어있다고
믿는 그의 철학이 일상의 삶에 그대로 적용된 걸로 여겨졌다.

지난 주 나는 여수에 사는 지인의 깜짝 초대로 초가을 여행
을 다녀왔다. 열차를 타고 내려가는 동안 차창 그득히 펼쳐지던
남녘의 들판은 설익지도 무르익지도 않은 녹황빛 풍요의 물결로
파도쳤고, 땅거미 깔리기 시작한 여수역에 내려 마중 나온 지인
의 차로 달려가 만난 작은 포구의 남녘 바다는 검녹색 고요에 휩
싸여 묵은 항아리의 술처럼 끈끈한 향기를 내뿜고 있었다.

거기서 우리는 청보라빛 하늘에 나지막이 걸린 성모님 눈썹 같
은 초승달을 '췃댁'으로 여기고 서대회 무침을 안주 삼아 지인이
직접 담근 솔순주로 입맛을 한껏 돋웠다. 달님이 구름을 휘장 삼
아 숨바꼭질 놀이를 시작할 무렵, 우리 일행은 한려수도의 어린
섬들이 오순도순 마실 나온 해변로의 한 횟집으로 옮겨 앉았다.

요즘 버전으로 '집나간 며느리 돌아올까 봐 빗장 걸고 먹는다'

는 가을 전어를 회와 구이로 떡을 치게 먹고 마시며 우리가 '여수로운' 시간을 보내는 동안, 남도의 밤은 예수께서 첫 기적을 행하신 혼삿집의 잔치처럼 풍성하고 흥그럽게 깊어갔다. 오랜만에 내 심신의 감각에서 메마른 살비듬이 떨어져 나가 민감하고 촉촉한 속살이 만져지는 듯 했다.

이튿날 역시 순천만 등 부근의 절경 속에서 미각의 향연이 이어진 하루였다. 이윽고 여행 사흘째 아침이 밝아오자 왠지 뱃속이 편치 않았다. 소화가 안 되는 느낌과는 다른, 뭔가 일용할 '밥'을 거른 듯한 묘한 허기가 감지되는 게 아닌가. 그런데 어럽쇼! 우리를 초대한 지인은 그 내밀한 변화를 어떻게 알아챘는지 점심 때가 되자 다짜고짜 객들을 차에 태워 높은 산꼭대기에 있는 어느 농가로 데려가는 것이었다.

그 농가의 주인은 수십 년간 철저한 자연농법을 실천해 온 사람으로, 조금 덜 먹음으로써 많이 생산할 필요가 없어진 농사를 놀이처럼 즐겁게 짓는다고 했다. 그리고 그렇게 장만한 양식을 자신과 가족이 먹고 나머지는 필요로 하는 이웃에게 그냥 나누어 준다고 했다. 이는, 밥이란 본디 '받듦'에서 나온 말이며 우주섭리의 '계심'이 다 밥 한 그릇에 들어있다고 믿는 그의 철학이 일상의 삶에 그대로 적용된 걸로 여겨졌다.

처음 들어보는 '밥' 철학에 나는 입이 벙하니 벌어졌고 그 벌어진 입 속에 이상하게도 단침이 자꾸 고여 드는 동안 이제껏 본 중에 가장 건강하고 영양가 있는 밥상이 마련되어 눈앞에 놓여졌다. 아홉 가지 곡물로 지은 밥과 몇 가지 나물, 갓 뽑은 푸성귀 모둠 쌈, 찐 강냉이 등 소박하다면 소박하지만 작물의 가짓수로 치면 대단히 화려한 밥상이었다. 우리는 주인의 권고대로 꼭꼭 많이 씹어 그 천연의 성찬을 우리 몸에 정성껏 받들어 모셨다. 밥 분량을 평소 양의 반밖에 안 먹었지만 배는 두 배로 불렀고 마음은 또 그 몇 배로 흡족했다.

귀경 열차 속에서 시시각각 음영을 달리하는 저물녘의 들판을 내다보며 나는 생각했다. 사람은 일상의 시간과 잔치의 시간을 둘 다 필요로 하는 존재임엔 틀림없다. 그런데 나의 삶은 어느 것을 얼마나 더하거나 덜어야 좀 더 충일해질까? 떡과 술의 제의를 가르쳐 주신 그분께 새삼 여쭤보고 싶었다.

바늘귀의 비밀을 안 낙타

'마음이 가난한' 참 부富의 세계를 그리며,
내 마음 속에 아기예수 오실 기쁜 날을 기다린다.

신자유주의 신봉자들이 탐욕에 눈멀어 빚잔치를 벌이다
가 세계 경제를 말아먹었다고 연일 언론에서 떠들어대는 이즈음
이다. 그러나 이들 역시 수개월 전만 하더라도 글로벌 펀드니 뭐
니 하며 각종 국제 금융 상품의 장미빛 전망과 혜택에 대한 소개
에 아낌없이 지면을 할애하곤 했다.

작금의 상황이 상황이니만치 너나없이 한마디씩, 가진 자들이
덜 가진 자들을 착취 또는 유린하여 더욱 많이 가지려한 탐욕의
결과를 비난하고 있지만, 문제의 본질은 재화의 쏠림 현상이나 변
칙적 흐름에 있는 것 같지 않다. 그것은 차라리 각자의 마음속에
서 '풍요'와 '결핍'이 어떻게 받아들여지느냐의 문제인 듯싶다.

많이 가졌다가 덜 갖게 되어 느끼는 불행감이 원래 적게 갖고
있다가 더 적게 갖게 되어 느끼는 불행감보다 별로 덜할 것 같지

않다. 또, 적게 가진 사람이 조금 더 갖게 될 때 느끼는 충족감이 많이 가진 사람이 더 많이 갖게 될 때 느끼는 충족감보다 덜할 것 같지도 않다. 요컨대, 각자가 가난과 부富의 기준을 어디에 두느냐에 따라 우리 자신의 행복지수가 결정되지 않겠느냐는 얘기다. 이 주제로 예전에 팔자가 쓴, 같은 제목의 짧은 졸편(미니픽션)이 있어 소개한다.

방온 영감은 오늘도 아내와 자식들이 만들어 놓은 대나무 그릇들을 등짐해 메고 행상을 나섰다.

길을 가던 사람들이 심심찮게 그를 알아보고 먼저 다가와 한두 가지씩 물건을 사주었다. 한때 이름난 거부였던 그가 크게 깨달은 바 있어 살던 저택을 절에 내주고 나머지 재산은 또 다른 이의 집착을 불러일으킬까 우려하여 몽땅 호수에 가라앉힌 기인이라는 걸 알고들 있는 터였다.

오전 중에 물건을 반쯤 팔아 치운 그가 잠시 장터 그늘에 앉아 쉬는데 고급스런 비단옷을 입은 한 젊은이가 나타나 넙죽 절을 하더니 물었다.

"존경하는 거사님, 저는 요즈음 도무지 세상사가 다

허망하여 살고 싶은 마음이 없습니다. 거사님처럼 저
도 가진 재산을 다 버리고 나면 삶의 행복을 알게 될까
요?"

방온은 그의 등을 툭툭 치더니 대꾸했다.

"좋아, 좋아. 썩 괜찮은 생각을 했군. 헌데, 그러기 전
에 이 그릇들을 마저 다 팔아주면 안되겠나? 오늘 마누
라하고 애들한테 고기만두를 사가지고 일찍 들어가겠
다고 약속했거든."

이어 어안이 벙벙해 있는 젊은이더러 귀 좀 빌리자
고 하더니 목소리를 낮추어 덧붙였다.

"그리고 말이야, 재산을 처리할 데가 마땅치 않으면
골치 썩힐 것 없이 나한테 찾아오라구. 이제 난 재산이
좀 있어도 행복할 것 같단 말씀이야."

'마음이 가난한' 참 부富의 세계를 그리며, 내 마음 속에 아기
예수 오실 기쁜 날을 기다린다.

4부 이제 좀 심심하신가요

아버지의 흰 연꽃

이즘 들어 생각한다. 손녀를 바라보는 아버지의 한없이 그윽하고 자애로운 눈길,
그 망막 저편에 맺힌 피사체는 다름 아닌 그의 딸, 내가 아닐까?

따사한 봄볕 내리쬐는 툇마루에서 아가는 아빠 곁에 뒹굴
뒹굴 놀고 있다. 그런데 윗동네에 왕진을 간 의사 엄마는 두어 시
간이 지나도록 돌아오지 않는다. 아가가 칭얼거리기 시작하자 아
빠는 아가를 품에 안고 달랜다. 그래도 아가는 계속 칭얼거리며
엄마를 찾는다. 폐가 아픈 시인 아빠는 짜증을 내며 아가를 마루
에 도로 내려놓는다.

아가가 운다. 아빠는 뚝 그치지 못해, 하고 소리를 지른다. 아가
는 더 크게 운다. 아빠의 커다랗고 앙상한 손이 아가의 엉덩이를
철썩 내리친다. 아가는 이제 온 몸이 빨갛게 물들도록 자지러지
게 울어댄다.

그때 엄마가 허둥지둥 달려 들어와 아가를 들쳐 안는다. 아직
말을 할 줄 모르는 아가는 더욱 숨넘어가게 울어 제침으로써 아

빠에 대한 야속함을 엄마에게 호소한다. 엄마가 아빠에게 뭐라고 탓하는 말을 건넨다. 아빠는 버럭 화를 내며 대문 밖으로 나가 버린다. 거칠게 집을 나서는 아빠의 야윈 등 뒤로 목련 꽃잎 몇 개가 나풀나풀 떨어진다.

아가가 자라 사춘기 소녀가 되어 아빠의 시집에서 '백련白蓮' 이란 시를 발견하고 아빠에 대한 최초의 기억인 두 돌배기 아깃적 그때를 떠올리며 왠지 모를 서글픔에 잠긴다. 그 시를 일부만 소개하면 이렇다.

> 내 가슴 무너진 터전에 쥐도 새도 모르게 솟아난 백련
> 白蓮 한 떨기
> ...... (중략) ......
> 온 밤내 꼬박 새워 지켜도 너를 가리울 담장은 없고
> 선머슴들이 너를 꺽어간다손 나는 냉가슴 앓는 벙어리
> 될 뿐
> ...... (중략) ......
> 차라리 솟지나 않았던들 세상없는 꽃에도 무심할 것을
> 너를 가깝게 멀리 바라볼 때마다 퉁퉁 부어오르는 영

혼의 눈시울.

그 시작詩作의 실제 동기나 문학적 의도 따윈 아랑곳없이 제 멋
대로 그것을 삼대독녀(?) 외동딸에 대한 아빠의 헌시獻詩로 받아들
인 소녀는 최초의 그 기억 이래 몇 차례 유사한 경험을 거치며 십
수년간 품어 왔던 아빠에 대한 원망을 일단 접기로 한다.

그러나 그로부터 십년이 흘러 몸과 마음이 한 사람의 여자로 성
장한 그 아이는 또다시 아버지의 나름대로 절절했을 자식 사랑을
의심하고 거부하며 지금의 남편이 된 떠꺼머리 선머슴(!)을 쫓아
아버지 품을 박차고 나온다. 그 일방적인 결별을 결심하게 만들었
던 시인 아버지의 비수 같은 한 마디. "너 하고 다니는 꼬락서니,
창녀가 따로 없구나!" 젊은 자존심은 사정없이 짓이겨졌고, 잊혀
진 줄 알았던 유년기의 야속한 기억들이 뭉글뭉글 피어올랐다.

우여곡절 끝에 아버지와 화해하고 양가 부모님의 축복 아래 결
혼식을 올린 후 무슨 일 때문엔가 다시 자존심이 상해 아버지와
의 만남을 기피하는 딸에게 어머니가 편지를 보내 왔다. '더러는
못마땅하고 심할 때도 있지만 아버지는 너에게 단 하나뿐인 소중
한 분이시니 그 마음 헤아려 드려라.'

그 어머니가 딴 세상으로 가신지도 햇수로 십 년이 흘러 이제

스스로 중년의 부모가 된 그 아이는 아직도 그 '마음 헤아리는' 일이 힘들어, 노쇠하고 병약하신 아버지의 풀기 없는 사소한 나무람이나 지적에도 곧잘 유년의 생채기에 덮인 딱지를 제 스스로 긁어 부스럼을 만들곤 한다.

그런데 흉보면서 닮는다더니 문학하는 사람 특유의 수사력을 발휘하여 사정없이 후벼 파는 엄마의 나무람에도 십분만 지나면 다 잊어버린 듯 킬킬거리며 제 할 짓 다하는 딸아이가 신종新種 인간처럼 느껴지면서도 사랑스럽다.

이 아이, 그러니까 손녀를 아버지는 사철 춘삼월 아지랑이 눈빛으로 바라보신다. 아이가 어떻게 행동하고 무슨 말을 하든 홍홍 흐물흐물 이뻐죽겠다는 표정이시다. 그래서 아이는 기저귀 찬 갓난쟁이 적부터 돈키호테가 사모했던 여인의 이름을 따 할아버지의 '드보소 공주'로 불린다. 이런 저런 세속적 동경을 다 여읜 시인 할아버지에게 아이는 이제 그가 이 세상에서 유일하게 그 개화를 기대하는 백련 봉오리다.

이즘 들어 생각한다. 손녀를 바라보는 아버지의 한없이 그윽하고 자애로운 눈길, 그 망막 저편에 맺힌 피사체는 다름 아닌 그의 딸, 내가 아닐까? 한 떨기 흰 연꽃의 환영은 시간의 상처를 거름으로 삭혀 쓰고 그렇게 다시 피어나는가.

아버지의 얼굴

황금색의 커다랗고 둥그렇고 따스한 달을 보니
마치 아버지가 나를 내려다보고 있는 듯한 느낌이 순간적으로 스쳤다.

얼마 전 구상문학관 개관 2주년 행사에 참석하러 갔다가 흥미로운 구경을 하였다. 구상 시인 얼굴 그리기 대회에서 입상한 칠곡군내 초, 중등학생들의 작품이 문학관 내부에 빼곡히 전시되어 있었는데, 나로서는 내 아버지의 얼굴을 수십 가지 형태로 보게 되는 희귀한 기회여서 감회가 남달랐다.

초등학생들의 천진한 마음이 그대로 드러나 있는 생동감 있는 그림들. 구도나 색감을 나름대로 세련되게 쓰려고 애쓴 흔적이 보이지만 도시 아이들에 비해 순박하기 그지없는 중학생들의 그림들. 그 모두가 한 번 만나본 적도 없는 어떤 할아버지를 사진 몇 장을 통해 느낀 인상만 가지고 재창조해 낸 것이라는 사실이 신기하게 여겨졌다.

하기야 나도 어린 시절 미술시간에 세종대왕이나 유관순 열사를 그려보라는 선생님의 지시에 따라 사진조차 본 적 없는 그들의 얼굴을 어떤 식으로든 그려내기는 했었다. 아니, 오히려 그렇기 때문에 더 자유롭게 그릴 수 있었는지 모른다. (사실 김일성쯤 되면 아주 수월했다. 철저한 반공교육을 받은 우리 세대에게 그는 언제나 시뻘건 얼굴에 뿔 달린 마귀 이미지였다.)

그런데 아버지의 얼굴은 또 다른 문제였다. 초등학교 2학년 때쯤이었을 것이다. 일본 동경의 결핵전문병원에서 일 년 너머 입원해 있는 남편에게 막내딸이 그린 초상화를 생일선물로 보내겠다는 어머니의 참신한(?) 기획에 의해 나는 아버지 얼굴을 그려보려 며칠간 무진 애를 썼던 기억이 있다.

당시는 일반 가정에서 가족의 독사진 같은 것을 변변히 갖추고 사는 시절도 아니어서 지금 생각하면 기라성 같은 우리 문화계의 명사들인 지인들과 함께 찍은 단체 사진 몇 장을 제외하곤 참고할 자료랄 게 없는 상황이었다. 헌데 문제는 내가 그 '미남으로 호가 난' 아버지의 얼굴이 잘 떠오르지 않는다는 거였다.

그러나 다시 생각하면 그럴 만도 했다. 아버지는 그때까지만 해도 늘 손님 같은 존재로 한 달 또는 몇 달에 한 두 번씩 왜관 집에 내려오셔서 며칠 간 사랑채에 묵으시다 바람처럼 떠나시는 분이었으니까. 그나마 그 며칠간도 대구 등지에서 지인들을 대여섯

명 이상씩 떼로 몰고 오셔서 나는 그저 이따금씩 잔심부름시키실 때나 한 번씩 얼굴을 보는 정도에 그칠 뿐, 정면에서 오랜 시간 바라볼 기회는 좀처럼 주어지지 않았다.

그러다가 결국 피를 토하고 쓰러지셔서 일본으로 떠나시기 전 일 년간은 서울 집에 내내 몸져 누워계시는 바람에 아버지는 내게 더욱 '알 수 없는' 얼굴이 되어 버린 것이다. 그처럼 나의 유년시절 아버지는 늘 너무 바쁘거나 너무 아프거나 한 존재였다. 그래서 딸에게 어떤 분명한 상像을 안겨 주지 못한 채 생사를 넘나드는 대수술을 받으러 이국의 병상으로 떠나셨던 것이다. 아마 어머니는 그런 정황이 안타까워서 어린 딸에게 좀 난데없고 부담스런 과제를 내 주었는지도 모른다.

아무튼 도무지 떠오르지 않는 아버지 얼굴을 그려보려고 눈처럼 새하얀 도화지 ― 보통 빛깔이 누런 갱지를 주로 쓰던 시절이다 ― 를 여러 장 버리는 출혈을 감수했건만 그 어느 것도 마음에 들지 않았다. 그 여러 장 중에 내가 생각하는 아버지를 닮은 것이 하나도 없었던 것이다.

예나 지금이나 고집스런 야망을 한 번 부리면 쉽사리 꺾여 들지 않는 성격이어서 어머니가 그 중 아무거나 하나 골라 보내자고 하는데도 막무가내로 싫다고 도리질 치며 제 풀에 속이 상해 울다 잠이 들었다. 저녁 먹으라고 깨워도 못 들은 척 자리에서 뭉그적거리며 누웠다가 무심코 창밖 하늘을 바라보니 때마침 추석을 며칠 앞둔 때라 화등잔 같은 보름달이 나를 내려다보고 있었다.

황금색의 커다랗고 둥그렇고 따스한 달을 보니 마치 아버지가 나를 내려다보고 있는 듯한 느낌이 순간적으로 스쳤다. 그래서 벌떡 일어나 도화지와 크레용을 찾아 맹렬히 보름달을 그리기 시작했다. 지금은 기억도 확실치 않지만 그냥 도화지에 가득 차도록 커다랗게 샛노란 달을 그려 놓고 배경에 밤하늘 색을 보라색으로 칠했던 것 같다. 하여간에 나는 그 그림이 대단히 만족스러워 어머니에게 그걸 일본에 부치게 했고, 아버지 역시 매우 흐뭇해하며 병동의 환우들이나 간호사들에게 크게 자랑하셨다고 훗날 편지해 오셨다.

뭔가 확실치 않지만 아무튼 크고 훤하고 빛나는 보름달의 이미지, 그것이 어린 내가 지니고 있던 아버지의 상像이었던 것이다. 그때는 그처럼 모호한 둥근 빛 덩어리로만 여겨지던 아버지의 얼굴. 나는 그 보름달의 광휘가 차츰차츰 사위어 가는 것을 돌아가시기 전 10개월 남짓 동안 너무도 가까이서 매일 지켜보며 그 소진消盡의 아픔을 피부로 느껴야만 했다.

늘 당신 스스로를 외면보살이라며 민망해 하시던 아버지. 병이

깊을 때도 얼굴만은 여전히 훤하시던 나의 보름달 아버지는 이제 그 영혼의 빛과 문학의 등불로 우리 곁에 남아 계실 것이다. 그리고 자라나는 어린 세대들에겐 천의 얼굴을 지닌 영원한 수수께끼의 할아버지로…….

묻지 못한 물음

아버지 사랑에 대한 불확신의 발단은
아주 아주 오래 전 유아기의 기억으로 거슬러 올라간다.

아버지가 돌아가신 후로 나는 오월이 되면 공연히 몸과 마음이 부산스럽다. 여기저기서 각종 추모성 행사가 벌어지는데 그분의 유일하게 남은 자식인 내가 어떤 형태로든 관여하고 참여하지 않을 수 없기 때문이다. 사실 기일에 즈음한 그 시기엔 어디 조용한 곳에 숨어들어 침묵 속에서 아버지 영혼과 진지하게 대화하는 시간을 갖고 싶은데 그러지를 못하여 불만이다.

그런데 그 불만은 외적인 상황에 대한 것이라기보다 나 자신에 대한 것이 크다. 아버지의 마지막 순간까지도 자식으로서는 못내 아쉬웠던 그분의 인간적 성향들에 대한 선입견에 가려, 딸로서 살아온 수십 년 세월동안 가슴에 묻어온 물음을 여쭤보지 못한 것이다.

'아버지, 저를 사랑하시나요?'

이런 어처구니없는 의문을 임종이 가까운 자기 아버지를 향해 품는다는 것은 일반적으로 잘 이해되지 않는 일이겠지만, 나는 사실 아버지의 마지막 병석 수발을 드는 내내 마음에서 맴도는 그 물음 때문에 괴로웠던 기억이 지금도 생생하다.

아버지 사랑에 대한 불확신의 발단은 아주 아주 오래 전 유아기의 기억으로 거슬러 올라간다. 내가 두 돌을 넘지 않았을 때라고 짐작된다. 아내가 외출한 사이 잠시 '애보기'를 하던 그가 엄마를 찾으며 칭얼대기 시작한 나를 달래던 끝에 급기야 짜증을 내며 내 엉덩이를 철썩철썩 내리쳐 서럽게 울었던 기억이 이상하게도 뚜렷한 것이다.

부모와 함께 한 하고많은 시간 중에 어째서 그 유아기의 기억이 유독 각인되어 그 기억 속의 부모보다 더 나이가 들어서까지 떨쳐버리지 못하는 내적 결핍감으로 작용하는 걸까? 더구나 그 기억 속의 아버지는 수많은 사람들이 자애와 포용력의 화신으로 칭송해마지 않는 인격자의 삶을 사신 분인데, 이 얼마나 불충하고 민망한 일인가?

그런데 너무도 공명정대하고 공평무사한 성품을 지녔던 나의 아버지는 그런 만큼 자식들의 품행을 평가하는 데 있어 절대 관대하지 않았을 뿐더러 오히려 외부인들에게는 쓰지 않는 삼엄한 기준을 적용하셨던 분이었다. 그래서 우리 형제들은 응석이나 어리광 같은 것을 감히 부려볼 생각을 하지 못하고 자라나 대체로 아버지의 그런 엄격한 부성에 욕구불만이 많았던 것도 사실이다.

위로 두 오빠가 세상을 일찍 하직하는 바람에 아버지의 임종자리를 혼자서 지키게 된 나는 숨을 거두시는 마지막 순간에 단순한 이별의 슬픔보다는 깊은 회한의 감정에 휩싸여 어찌할 바 모르고 병실 뒤 계단에 혼자 숨어 가슴을 치며 울었던 기억이 난다.

왜, 물어보지 않았던가? 물어보기만 했더라면, 틀림없이 아버지는 '사랑하고말고!' 라고 말씀으론 못해도 고갯짓으로라도 대답하셨으리라는 걸 나는 안다. 왜냐하면 그분이 마지막 병고의 고통 속에서도 이따금 나를 향해 보내는 무언의 눈빛이 그러했기 때문이다.

그걸 알았으면 됐지 구태여 말로 물음을 던져야 할 이유가 무어냐고 누가 묻는다면 나의 대답은 이렇다. 내가 물음을 던짐으로써 그분께 '저도 아버지 사랑해요' 하고 말씀드릴 핑계를 만들고 싶었다고.

이 또한 얼마나 바보 같은 대답인가? 하지만, 나는 하느님 사랑도 그런 식으로밖에 할 줄 모르는 소아병적 신앙인이라 어쩔 수 없다. 그런 나는 이따금 혼자 고요한 시간을 갖게 되면 하느님께

묻고 확인한다. '하느님, 저를 사랑하세요? 이렇게 저렇게 제가 못나게 굴고 이런 저런 일로 힘드는데, 저를 사랑하세요?'

그러면 나의 내면 깊은 곳 어디에선가 들려오는 목소리가 한결 같은 대답을 한다. '그럼, 사랑하고말고!' 이에 나는 얼른 화답한다. '저도 사랑해요, 하느님.' 이처럼 간단한 절차를 통해 곧잘 마음의 안정과 용기를 되찾곤 하는 내가 육신의 아버지와는 어째서 그 소통을 끝끝내 못하고 말았는지 참 알 수 없는 일이다.

엉터리 같은 내 나름의 기도 습관을 토로하고 나니 아버지의 성실하고 충직한 기도생활이 떠올려져 부끄러운 마음이 든다. 내가 기억하는 세월동안 아버지는 일상의 여하한 여건 속에서도 취침 전 기도와 아침 기도를 거르시는 법이 없었다. 평상시에는 물론, 여행을 떠나서나 병원에 중환으로 입원해 계실 때, 또 심지어는 약주가 과해 많이 취하셨을 때까지 삼십분 가량 걸리는 일정한 기도 일과를 반드시 엄수한 후 하루를 시작하고 마치셨다.

나는 아버지가 늘 옆에 끼고 사시는 박하색 폴더에 그 기도 내용이 들어 있다는 걸 알면서도 엄친의 내밀한 세계를 감히 엿보려는 생각을 못했었다. 그런데 돌아가시고 나서 유품을 정리하다가 마침내 그 비밀의 폴더를 들춰보게 되었다.

폴더 맨 앞쪽에 A4 용지 두 장 정도에 빼곡히 들어찬 가톨릭교회의 공식적인 일상기도문들을 복사한 것에 이어 영신수련 기도문, 십자가의 성 요한의 말씀 '무無에로의 길', 메리 델빌 추기경의 '겸손의 기도문' 등이 스크랩되어 있고 그 많은 기도들을 아버지가 어떠한 마음의 자세로 바치셨는지를 짐작케 하는 '기도의 관점'이란 지침문(가톨릭대학병원 원목실 제공)도 있었다.

그런가 하면 느닷없이 '부처님 말씀하시되'라는 제목이 붙은 보왕삼매론에 나오는 법구法句도 한 페이지를 차지하고 있었는데 그 내용의 요지인즉 '병으로써 양약良藥을 삼고 근심과 곤란으로써 해탈에 나아가라'는 것이었다.

그리고 뜻밖에도 사진들이 있었다. 죽은 두 아들과 아내, 처제들, 딸과 사위, 손녀들의 모습을 담은 칼라 사진 넉 장, 원산에 두고 온 어머님과 신부 형님이 친척들과 함께 찍은 흑백 사진 한 장, 일본에서 친한 지인과 함께 수녀원을 방문하여 그곳 신부님, 수녀님들과 기도실에서 찍은 칼라 사진 한 장, 마지막으로 기아飢餓에 허덕이는 아프리카 수단 소년의 피골이 상접한 모습을 찍은 신문 사진 한 장이 그것들이다.

그러한 아버지의 기도첩을 보고 나서 나는 또 한 번 가슴을 쳤다. 고명하신 가톨릭 문호의 기도 내용이 이토록 꾸밈없고 순진하기까지 하다니! 내가 생각했던 신앙인으로서 아버지의 모습은 그처럼 단순 소박한 것이 아니었던 것이다. 아버지는 때로 그렇게 통념의 허를 찌르는 분이셨다.

며칠 전 여의도 둔치에 세워진 아버지의 시비를 오랜만에 둘러보고 석양녘의 강가를 산책하였다. 저무는 햇살을 받아 반짝이며 일렁이는 강물 위에 한가롭게 떠 있는 오리 모형의 작은 배들을 바라보며 아버지가 늘 입버릇처럼 하시던 말씀이 생각났다.

'오리들이 둥둥 떠 있는 걸 보면 세상에 없이 편안하고 한가롭게 보이지만 사실 놈들은 물속에서 죽어라고 자맥질을 하고 있단 말씀이야!'

그 비유를 떠올리니 당신이 '외면보살' 이라는 자조적인 표현을 쓰며 민망해 하시던 신선 같은 모습을 유지하시느라 한평생 남모르는 '자맥질' 의 노고가 얼마나 크셨을까 싶어진다. 스스로에게 그토록 엄격하시다보니 당신의 분신처럼 생각한 자식에게도 그렇게 하신 게 아니겠는가. 그러고 보니 아버지는 어느 결에 내가 물어보지 못한 숙원의 물음에 듣고자 하는 대답을 해주신 듯하다. 그럼, 얼른 화답해야지.

네! 저도 사랑해요. 영원히!

이제 좀 심심하신가요

내 유년 시절의 아버지는 너무 바쁘게 돌아다니거나,
너무 심심하겠다 싶게 자리보전하고 앓아누웠거나 하는 존재였다.

아버지의 4주기 기일 행사를 치르고 난 다음 날, 기념사업
회 사무실에서 초파일 연등제 행렬을 내다보고 있자니 여러 해
전 그 어떤 날 밤의 아버지 모습이 떠올랐다.

80년대 초 언젠가 경봉선사가 입적하신 날 밤, 술이 억병으로
취해 귀가하신 아버지는 화장실에 들어가더니 거울을 들여다보
며 '경봉아, 경봉아' 하고 큰 소리로 외치며 꺼이꺼이 우셨다. 내
가 어렵게 부축하여 방으로 모셔 가려 하니 아버지는 눈물이 범
벅된 얼굴로 나를 돌아보며 물으셨다. "내가 말이다, 이 아버지가
말이다, 제일 쩨쩨하고 작은, 소인小人이야, 그렇지? 네가 보기에
도?" 왜 그리 말씀하시냐고, 내가 되물으니 아버지는 "너들은 모
른다. 너들은 몰라" 하시며 손을 휘휘 내저으셨다.

그때 그 '너들' 이란 게 누굴 가리키는 말이었는지, 어째서 경봉

선사의 열반이 아버지를 그토록 자괴감에 젖게 만들었는지에 대해선 아직도 정확히 알 도리가 없다. 허나 아버지의 자기의식이 자식인 내가 품어온 당신의 상像과 거리가 있었음엔 틀림이 없다.

어린 시절 나에게 아버지는 늘 손님 같은 존재로서 한 달 또는 몇 달에 한두 번씩 어머니와 내가 사는 시골집에 내려오셔서 며칠간 사랑채에 묵으시다 바람처럼 떠나시곤 했다. 그나마 그 며칠도 대개는 손님들과 함께 오셔서 부녀간에 오붓한 정을 나눌 기회란 정말 드물었다. 그러다가 결국 피를 토하고 쓰러져 일본 결핵병원으로 떠나시기 전 일 년간은 서울 집에 내내 몸져 누워계시는 바람에 아버지는 더욱 어렵고 모호한 존재가 되어 버렸다.

그 즈음 내가 쓴, 가족들 사이에서 요즘도 회자되는 편지 글귀가 하나 있다. '아버지 얼마나 심심하신가!' 예나 지금이나 애교라곤 약으로 쓰려 해도 찾아보기 힘든 성정의 일곱 살짜리 계집아이가 제 딴에는 병상에 누워 답답하실 아버지를 딱하게 여겨 위로랍시고 건넨 말이었다. 그처럼 내 유년 시절의 아버지는 너무 바쁘게 돌아다니거나, 너무 심심하겠다 싶게 자리보전하고 앓아누웠거나 하는 존재였다.

하지만 성장하면서 차츰 알아가게 된 아버지는 전혀 다른 모습의 사람이었다. 평생을 병고에 시달리면서도 한 번도 심심할 틈

따위 없어 보이게, 몹시도 '꽉 찬' 삶을 영위하는 분이었다. 문학
에의 피 말리는 정진으로, 수많은 지인들에 대한 끊임없는 배려
와 보살핌으로, 우주만물의 섭리를 주관하시는 그 어떤 절대자에
게 바치는 나날의 진지한 기도 등으로 아버지의 실존은 그 곡절
많은 개인사와는 별개로 한 군데 버릴 구석 없이 보름달처럼 충
만해 보였다.

4년 전 어제, 자칭 외면보살인 여유롭고 넉넉한 겉모습 이면에
서 '오리가 물속에서 죽어라고 자맥질하듯' 분투해야 했던 이승
의 고된 노정을 마치고 그토록 염원하던 '영원의 동산'으로 떠나
신 아버지. 당신은 그곳에서 이제쯤 얼마만큼의 자유와 평화를
누리고 계실까?

나는 믿고 싶다. 이제 당신은 온갖 것을 다 비우고 난 자리에 생
겨난 '새로운' 심심함 속에서 한없이 자유롭고 평안하실 거라고.

이모님의 목련나무

10월 말에 이모님 방 앞의 목련나무가
마치 봄이라도 된 듯 꽃을 하나 가득 피워 올렸다

지난해는 내게 집안 어른들의 병치래 치다꺼리로 끊임없는 긴장과 걱정 속에 살았던 한 해였다. 그중 두 분은 쾌차하셔서 정상적인 일상에 복귀하셨으나 한 분은 겨울을 못 넘기고 그 해 돌아가셨다. 나의 큰 이모님이신 그분은 평생 독신의 몸으로 재속 수도자처럼 사시다가 마지막 몇 년을 설암으로 고생하시던 끝에 조카인 나의 보살핌 속에 84세를 일기로 영면에 드셨다.

미리 시신 기증 절차를 밟아놓은 데다 당신이 소유했던 모든 것을 처지가 어려운 사람들과 교회 단체에 이미 다 내 주신 터라, 그분의 삶은 세속의 중력에서 많이 자유로운 상태였다. 임종 하루 전날 이모님은 내 손을 잡고 마지막 대화라 할 것을 힘들여 시도하셨는데, 설암에 훼손된 혀가 제대로 발음하지 못했지만 내가 되물어 확인하는 방법을 통해 용케 알아들은 내용인즉 대충 이러했다.

'내가 생사를 오가며 그동안 알게 된 세상의 비밀을 얘기해 주고 싶다만 하느님께서 허락하지 않으시는구나. 내 혀를 이렇게 묶어 놓으셨으니.'

이 말씀을 끝으로 이모님은 다음날 아침 오랜 시간 치렀던 지독한 고통의 흔적을 전혀 찾아볼 수 없는 지극히 평안한 모습으로 선종을 하셨다.

나는 선종善終이란 말을 참 좋아한다. 국어사전에 보면 그 뜻이 '임종 때에 성사를 받아 큰 죄가 없는 상태에서 죽는 일'이라고 나와 있는데, 나는 그러한 가톨릭적 의미보다는 '선한 마무리'로 풀이하여 그 말에서 내 나름의 각별한 느낌을 받곤 한다.

우리는 보통 사물의 가치를 평가할 때 얼마나 참된가, 얼마나 어진가, 얼마나 아름다운가, 즉 진선미 3 요소를 살펴 가늠을 한다. 그런데 사실 이 세 가지 요소는 사람의 인격을 놓고 이야기할 경우 하나로 통한다고 할 수 있다. 사람이 참되다는 것은 어진 인격을 지녔다는 것이고 인격이 어진 사람은 행동도 아름답게 마련이다. 그러므로 누군가가 임종할 때 '선한 마무리'를 보여준다는 것은 그 사람이 참되고 아름다운 모습으로 세상을 떠나간다는 것이라는 생각이다.

끝이 좋아야 모든 게 좋다는 얘기가 있듯이, 그렇게 선한 마무리를 한 사람은 크고 작은 허물을 포함한 그 평생의 모든 자취가 일거에 은혜로운 것으로 환치되는 게 아닐까? 큰 이모님의 선종을 지켜보는 동안 이 생각은 하나의 화두처럼 내 머릿속을 맴돌았다. 그러다가 고인이 다니던 성당에 영정을 모시고 장례미사를 올리러 갔던 시골 동네에서 그분의 누옥을 마지막으로 둘러보면서 그 생각은 내 마음 속에서 일종의 믿음으로 자리 잡게 되었다.

이모님의 집 뜰에는 수십 년 가꿔온 화단과 채마밭 둘레에 여러 수종의 나무가 자라고 있었는데, 그 중에서 고인은 현관 앞에 심은 석류나무와 창가에 심은 목련나무를 특히 아끼고 좋아하셨다. 석류나무는 가을이 되면 어김없이 가지가 휘도록 붉은 열매를 주렁주렁 맺어서 온 동네에 나눠주고도 남아 서울 조카에게까지 보내주곤 하셨는데, 어쩐 일인지 그 나무가 거멓게 말라 죽어 있었다.

함께 간 성당 교우들 중 한 분 말씀이, 원래 석류나무는 주인이 죽으면 함께 죽었다가 새 주인이 나타나면 다시 살아난다는 얘기가 있다고 하셨다. 그것이 하나의 설殺이 아니라 실제로 눈앞에서 확인된 사실이라 사뭇 신기했는데, 더 특별한 이야기를 다른 교우 한 분이 해주셨다.

그분은 독거노인 방문 봉사자로 이모님이 병원에 입원하신 후로 그 집에 드나들며 화초나 채마를 돌봐왔는데 10월 말에 이모님 방 앞의 목련나무가 마치 봄이라도 된 듯 꽃을 하나 가득 피워 올렸다는 것이다.

그 즈음이 바로 이모님이 병고의 절정에서 너무 고통스러워 자주 의식을 잃었다 깨어났다 하실 때였다. 의식이 돌아올 때면 그분은 이미 다른 세계를 보신 듯한 어떤 오묘한 눈빛을 하고 계셨다. 그때 내 눈에 비친 이모님의 모습은 자신에게 허락된 단 하나의 소통방식인 기도를 통해 자기 자신을 포함한 세상 모든 이를 용서하고 사랑으로 감싸 안으려는 성녀聖女적인 면모를 지니고 있었다.

그렇게 은혜로운 모습으로 선종을 준비하던 그분은 11월 중순에 하느님 곁으로 떠나셨다. 목련 꽃 향기를 자신의 빈 집 뜰에 가득 남기고…….

지금도 이모님을 생각하면 남들이 모르는 숲 한 구석에서 온갖 생물에게 자신을 아낌없이 내주는 고목의 모습이 떠오르면서 은은한 목련 향을 코끝에 느끼게 된다.

이모가 남긴 화두

그때부터 나는 마음속에 한 가지 화두를 품었다.
사람이 똑같은 지상의 존재인 사람을 믿는다는 것은 무엇을 의미하는가?

요즈음 나는 시도 때도 없이 가슴 속에 이슬이 맺힌다. 만추에 접어든 계절 탓도 없지 않겠지만 11월에 망자가 된 가족이 세 사람이나 되는 까닭이다. 그 중에서도 바로 지난해에 돌아가신 큰 이모가 가장 많이 생각나고 그립다. 21년 전에 가신 오빠나, 15년 전 바로 이맘 때 가신 어머니보다도 그 이모의 빈자리가 더 크게 느껴지는 것은 단지 세월의 경과에 따른 치유 효과의 차이 때문만은 아닌 듯하다.

막바지 병상에서 설암의 엄청난 고통을 의연하게 견디며 보여준 참 신앙인으로서의 모습은 물론, 팔십여 평생 소아마비 장애에도 불구하고 자신의 몸과 정신을 아낌없이 써서 남에게 봉사하고 베푸는 '보살행'을 실천하던 모습은 혈족인 내가 아니더라도 누구나 감동할 만한 것이다.

그러나 내가 삶의 망망대해에서 항해를 포기하지 않도록 뱃길을 밝혀주는 몇 안 되는 영혼의 등대지기로 그분을 마음에 모시게 된 데는 다른 연유가 있다. 그분이 돌아가시기 며칠 전 문병 온 나의 손을 붙잡고 하셨던 이 말씀이 그것이다.

"얘야, 내가 천지간에 믿는 이가 딱 둘이다. 하늘에는 하느님이고, 땅에서는 너다."

물론 평생 독신으로 살아 자식이 없는 그 이모에게 나는 딸과 같은 존재로서 입원, 신변정리, 장례 절차 등 마지막 치다꺼리를 감당할 유일한 사람이었지만 그 말씀에 나는 가슴 벅찬 감격을 느꼈다. 임종이 임박했음을 이미 감지하고 반 혼수상태로 피안과 차안을 넘나드는 듯 보였던 그분이 그날 유난히 또렷한 눈빛을 하고, 그동안 정상적인 언어소통이 거의 불가능했던 훼손된 혀로 한 마디 한 마디 어렵게 전달한 그 말은 결코 빈말이거나 헛말일 수가 없었다. 세상의 모든 걸 다 놓으신 이분이 땅에서 믿는 단 한 존재, 그것이 나라니!

그때부터 나는 마음속에 한 가지 화두를 품었다. 사람이 똑같은 지상의 존재인 사람을 믿는다는 것은 무엇을 의미하는가? 갈대와 같이 수시로 흔들리고 좌절하고 갈팡지팡하는 나약한 존재인 인간을 '뭘 믿고' 믿는단 말인가?

일 년이 지난 지금에 와서도 그 화두의 참 의미를 제대로 다 풀어낸 것 같진 않지만, 이모가 하신 그 말씀은 그 진의를 알고 모르고에 관계없이 내 일상의 삶에 소중한 영양소가 되고 있다. 누가 누구를 믿는다면 그 믿음의 대상자는 믿을 만한 존재란 얘기가 아니겠는가, 하는 생각이 자기최면인지는 몰라도 내 존재의 자긍심을 크게 일으켜 세운 것이다. 다시 말해, '못난' 나를 누군가가 믿어주었기 때문에 더 이상 '못나지만은' 않은 내가 될 수 있다는 희망이 생긴 것이다.

이모가 믿어주심에 기대어 좀 더 나은 '내'가 될 의지를 품었을진대, 하느님께서 나를 믿어주심을 깨닫게 되면 그 믿음에 맞갖기 위해 무슨 일인들 못하겠는가. 무한한 사랑이신 당신의 자비로 그 깨달음을 얻게 되기를 갈원하며 빌 뿐이다.

어느 지식인의 죽음

우리 삶은 늘 그렇게 모자람과 넘침의 연속선상에 있다. 어딘지 미리 확인할 길 없는 종착지를 향해 곡절 많은 긴 여로에 나선 우리는 어쨌거나 걸음을 멈출 수 없는 고달픈 나그네이다.

비가 내린다. 주룩주룩 내린다. 장맛비 퍼붓는 도심의 거리를 버스 차창 너머로 바라본다. 색색의 우산을 받쳐 들고 이리저리 내닫고 있는 사람들과 도로에 고인 빗물을 퉁겨 대며 달리는 크고 작은 차량들의 부산한 움직임에서 살아있음의 박동을 느낀다. 비 내리는 저물녘에 전에 없이 활기찬 거리 풍경 속을 달리노라니까 저간의 미칠 것 같던 가뭄을 어찌어찌 견뎌 낸 우리네 살림살이가 자못 눈물겹다.

지독한 가뭄 끝에 맞은 장마라 그런지 사람과 초목이 모두 반가운 손님을 대하듯이 기꺼운 표정들이다. 그런가 하면 차내 스피커에서 흘러나오는 라디오 뉴스는 집중호우로 피해가 발생한 지역들의 심란한 상황을 전해 준다. 그중에는 불과 두어 주 전만 해도 바싹 타 버린 논밭에 물을 대지 못해 노심초사한 나머지 삶

자체를 비관하는 듯 보이던 사람들의 터전도 포함되어 있다.

실제로 그런 사람들의 하나인 어느 농부는 자신의 소중한 목숨을 한낱 쓸모없는 풀이라도 되는 양 제초제를 써서 지상으로부터 뽑아 버렸다. 그런데 때가 차자 비는 어김없이 찾아와 언제 야박하게 굴었던가 싶게 이 땅의 삶들을 원하는 그 이상으로 흠씬 적셔대고 있는 것이다. 우리 삶은 늘 그렇게 모자람과 넘침의 연속 선상에 있다. 어딘지 미리 확인할 길 없는 종착지를 향해 곡절 많은 긴 여로에 나선 우리는 어쨌거나 걸음을 멈출 수 없는 고달픈 나그네이다.

버스가 신호등에 멈춰 섰다. 길 건너편 가로수 밑에 어떤 남자 하나가 우산도 없이 장대비에 온 몸을 맡긴 채 앉아 있는 게 눈에 들어온다. 고개를 푹 수그리고 있어 그의 얼굴은 볼 수가 없다. 그러나 그의 몸이 짓고 있는 표정에서 험난한 시간을 헤쳐 온 인생살이의 곤고함이 느껴진다. 왜 저렇게 온 몸에 물을 맞고 있는 걸까? 하염없는 사막의 여로를 헤매다 온 사람일까? 버스는 다시 출발했으나 나의 뇌리에는 쏟아지는 빗속에 지친 몸을 아무렇게나 부려놓고 쉬는 나그네의 이미지가 매달려 떨어지지 않는다.

지난달 초, 그러한 나그네 한 사람이 홀연히 여정을 바꾸어 돌아올 수 없는 강을 건넜다. 기록적인 가뭄에 신고辛苦하는 이 나라의 논밭과 마찬가지로 내 마음도 있는 대로 말라붙어 건드리면 먼지만 풀풀 일어날 것 같던 어느 오후였다.

그 척토瘠土에 뿌려 줄 한 움큼의 물이나마 얻어 볼까 싶어 어느 젊은 시인의 신작 시집을 뒤적이고 있는데 그의 부고가 날아들었다. 투신자살! 내 메마른 마음밭이 순간 허연 소금밭으로 변했다. 갈라 터진 틈새마다 소금이 배어 불에 덴 듯 쓰라렸다. 물! 물을 마셔야 해! 결국 시집을 들었던 손에 술잔을 들고 하룻밤을 지새웠으나 소금은 씻겨 나가지 않았다. 그가 우리 모두에게 어떻게 이럴 수 있단 말인가?

사실 그와 나는 무슨 친분이랄 게 없는 사이였다. 나와 남편은 그를 공통의 지인을 통해 알게 되어 그가 사는 도시에 내려가면 이따금 모임의 뒤풀이에서 함께 어울리는 정도로 교유를 했을 뿐이다.

그러나 그의 죽음은 내 의식에 몇 년 전 있었던 친형제의 죽음 이후로 겪어 보지 못한 깊고 미묘한 충격을 던져 주었다. 그는 그 지역에서 내로라하는 소장 지식인으로서 한 대학의 존경받는 교수였고, 각종 시민 단체의 임원 또는 대표직을 맡은 모범적인 사회운동가였으며, 과묵한 달변으로 좌중의 여론을 조용하게 바람직한 방향으로 이끌어 낼 줄 아는 훌륭한 논객이기도 했다. 그리고 그는 무엇보다 아내와 자식들이 있는, 한 가정의 가장이었다. 얽혀 있는 일상 때문에 문상도 가지 못할 형편이었던 나와 남편은 상가에서 얻어들을 만한 정보조차 없는 가운데 그가 왜 죽음을 택해야만 했는지 이리저리 유추를 해보았지만 어림도 없는 수작이었다.

하지만 우리가 아니라 그 어떤 친밀한 관계에 있던 사람이라 하더라도, 그가 그 '모진' 선택을 해야만 했던 동기의 심연深淵이야 어찌 다 들여다보겠는가? 죽은 자는 말이 없는 법, 남은 자들인 우리는 다만 그의 터무니없이 때 이른 사라짐을 아파하고 아쉬워 할 따름이다. 그의 죽음이 내 마음밭에 물대신 짠 소금을 갖다 부은 듯 여겨지는 것은, 은연중에 그에게서 어떤 극심한 한발도 견뎌낼 만한 지성의 샘 같은 것을 기대했던 탓일지 모른다.

그러나 그의 죽음은 일깨워 주는 듯하다. 어떤 탁월한 지성이라도 영성의 물꼬를 트지 못하고선 혹심한 가뭄이나 범람을 만났을 때 지탱해 내리란 보장이 없다는 것을. 하물며 지성마저 변변찮은 나 같은 사람이야 말해 뭣하겠는가. 그런데 영성의 물꼬를 틀 노력은커녕 세상의 온갖 잡음에만 귀 기울이다 지쳐 떨어진 나. 그 마음밭이 먼지 날고 갈라터진 척토가 되었으니 그의 죽음이 가하는 짠맛이 아프게 배어들 수밖에.

차창 밖은 이제 완전히 어두워졌다. 네온사인과 가로등과 자동차 헤드라이트 따위의 인공 불빛들이 잦아든 빗방울과 뒤섞이며 어둠 속에 번져든다. 번진다는 것 — 그래, 아름답다. 새벽녘에 읽었던 장석남 시인의 고즈넉한 통찰이 떠오른다.

　　죽음은 그러므로 번져서
　　이 삶을 다 환히 밝힌다
　　또 한 번 – 저녁은 번져 밤이 된다
　　번짐
　　번져야 사랑이지

너무 서둘러 이 세상 여정을 접고 피안의 나그네 되어 떠난 그. 그의 죽음이 번져 이승에 남은 우리 삶을 밝혀 주리라 믿고 싶다. 또, 그의 영혼이 번져들 세계가 하느님의 사랑과 만나지는 곳이기를……

공인公人이 자신을 죽일 때

거, 있제. 인생의 소나기 먹구름 뒤에는 언제나 태양이 기다리고 있다꼬.
그걸 무조건 믿어야 하는 기야.

세상이 왜 이러한가! 미담美談만 듣고 지내도 평정심을 유지하기가 쉽지 않은 전 지구촌적 경제 난국의 와중에서 한 달이 멀다 하고 유명 연예인들의 자살 소식을 듣게 되니 사지에서 맥이 풀린다. 그마저 뒤에 간 이는 앞서 간 이와 연관되어 죽음의 길로 들어선 걸로 회자되고 있으니 참으로 어이가 없다.

특히 탤런트 ㅊ 씨는 내가 평소에 특별히 좋아하는 연예인은 아니었지만 그가 20년에 걸친 연기생활을 하는 중에 공중파를 통해 하도 많이 보아 온 터라 눈을 감으면 이런 저런 배역중의 모습들이 너무도 선명하게 떠올라 내 가까운 이웃의 죽음이라도 당한 양 그 비극성이 피부에 와 닿는 느낌이다. 아마도 공인이란 존재의 생사가 한 개인의 것으로 그치지 않고 일파만파 영향력을 갖는 데는 이런 까닭도 있지 싶다.

공인들의 일그러진 종말은 평소 건강도 원만하고 나이도 자연수명 평균연령으로 볼 때 죽음이 먼 훗날의 무엇으로 생각되던 사람에게조차 자기도 모르게 심층의식에 날카로운 생채기로 남는다. 그랬다가 그 사람이 위기에 처했을 때 그 생채기 난 여린 부분은 자극을 받아 점점 더 곪아 문드러져 급기야는 치명적인 내면의 독소를 퍼뜨리는 병인病因이 되기도 한다.

왜냐하면 공인이란, 말 그대로 공공公共의 사람이란 뜻으로 두루 미치고 작용하는 파장을 지닌, 다수의 욕망과 그 욕망 구현에의 의지가 투사된 존재이기 때문이다. 그래서 처녀들은 여자 연예인이 부자와 결혼하면 신데렐라 신드롬을 앓고, 중년 남자들은 재벌기업 회장의 투신자살이 보도된 후 한강교 아래를 내려다보며 야릇한 유혹을 느끼는 것이다.

두어 해 전, 오랜 세월 알아온 채규철 선생이 만 70세를 일기로 세상을 떠났다. 그는 한창 전도양양한 미래의 지도자로 뭇사람들의 주목을 받던 30대 초반에 자동차 사고로 전신에 3도 화상을 입고 기사회생한 사람이다. 그는 그 죽음의 불길에서 그냥 살아난 게 아니라 '거듭 난' 사람이었다. 30여 차례 성형수술을 통해 '재구성'되어 처음 보는 아이들은 울음을 터뜨리기도 하는 기괴흉측한 모습이긴 했지만, 세상의 어둡고 그늘진 곳에서 소외받는 이들이 양지의 새 삶을 일굴 수 있도록 한평생 공인의 역할을 자임하다 갔다.

그가 선택하여 헌신했던 공인의 삶은 화려함이나 부유함과는 거리가 먼, 멸시와 조소와 곤궁의 길이었으나 그는 늘 예수님의 수제자처럼 당당하게 자기 역할을 수행했다. 수많은 형무소 재소자들, 철거민들, 갱생 시설의 비행 청소년들과 윤락녀들, 도시 빈민들과 빈농들, 장애인들이 그의 강연과 저서를 통해 새 삶의 의지를 다지고 재기하였다.

그가 늘 입버릇처럼 하던 말이 있는데, '사람은 사명을 다 하지 않는 한 죽지 않는다' 가 그것이다. 자신의 신념대로 그는 온갖 파란만장한 질곡 속에서도 꿋꿋이 살다가 고희연을 치른 직후 '저기가 어디야…… 아름답구먼. 나 이제 급히 감세.' 라는 마지막 말을 남기고 하늘나라로 홀홀 떠났다.

그가 하늘나라에서 요즈음 사태를 내려다보면 이렇게 말할 것 같다. "거, 있제. 인생의 소나기 먹구름 뒤에는 언제나 태양이 기다리고 있다꼬. 그걸 무조건 믿어야 하는 기야."

요나가 떠난 뒤

우리 시대의 요나들이 떠난 후 또 어떤 요나가 올 것인지 궁금하다.
김수환 추기경, 그라면 자신의 뒤를 이을 요나가 어떤 모습일지 알지 않았을까?

오랜 겨울 가뭄 끝에 단비가 내려, 우수를 앞둔 절기가 절기인 만큼 봄을 재촉하는 마음이 부풀고 있었다. 그런데 웬걸, 꽃샘추위라기엔 너무 이른 한파가 난데없이 찾아왔고, 살을 에는 칼바람을 타고 가슴에 휑하니 구멍을 뚫는 비보가 날아들었다.

김수환 추기경 선종. 오백만 가톨릭 교인은 물론, 종교를 초월하여 그의 떠남에 깊은 상실감을 느끼며 조문의 물결을 이루는 수많은 이들에게 그는 과연 어떤 존재였을까? 한국 가톨릭교회의 아버지, 영성의 치열한 구도자, 시대의 정신적 스승, 민주주의 정의 구현의 지킴이, 소외계층의 열렬 수호자, 어린이들의 사계절 산타 할아버지, 여성 팬들의 영원한 젊은 오빠……. 그는 이밖에도 다양하게 붙여진 칭호 모두를 아우르고도 남을 비범한 인간상을 보여주었다.

그렇게 수많은 이들에게 수많은 것이 되어준 삶이었지만 그가 처음부터 '슈퍼' 공인의 삶을 꿈꾸지는 않았다는 것은 여러 인터뷰를 통해서도 알려진 바다. 그는 심지어, 자신은 어머니의 간절한 열망을 저버릴 수 없어 하는 수 없이 신학교에 들어갔을 뿐이며 그 후 신부가 되기 위한 과정을 거치면서 많은 회의와 좌절감에 시달렸다고 토로했다. 자신보다 모든 면에서 월등하다고 여겨지는 형이 이미 신부가 되는 길로 들어섰으므로 자신은 그냥 평범하게 살 수 있기를 진정으로 바랐었다는 고백도 했다.

나는 그와 비슷한 사연을 지니고 신부가 되려 했다가 결국 예술의 길을 택하고 만 어떤 분을 알고 있다. 5년 전에 고인이 되었지만 김 추기경과 오랜 세월 각별한 우정을 나누며 살았던 ㄱ 시인이다. 새삼 돌이켜보니 두 사람 사이에는 뭔가 공통된 특별한 내면적 체험이 있었을 것 같다. ㄱ 시인 역시 김 추기경이 다닌 소신학교(동성신학교)에 다녔는데 어느 시점에 신부가 되는 것에 회의를 느끼고 학교를 '뛰쳐' 나왔다.

어떠한 사람이 신부가 되는가 하는 질문에 대한 김 추기경의 간단명료한 답변에 비추어 볼 때, 그는 '하느님이 원하시는 사람'이 아니었던 듯하다. 그러나 ㄱ 시인 또한 평생에 걸쳐 자신을 지켜보는 하느님의 눈길을 의식하며 가톨릭적 영성을 자신의 문학 안에서 구현하려고 부단히 애를 썼다. 그가 자신의 삶에 끝끝내 참견하시는 하느님의 손길을 어느 영시英詩 제목에 빗대어 표현하곤 했던 '하늘의 사냥개' 에 죽도록 쫓기면서……

김수환 추기경은 사제서품 50주년 기념사에서 이렇게 말했다. "몇 번이고 그만두고 싶을 때가 있었다. 하지만 결국 '뜻대로 하소서' 하고 받아들일 수밖에 없었다. 하느님 앞에서 나는 죄인이기 때문이다."

우리에게 성자처럼 보이는 분이 자신을 죄인이라 여기다니……. 오죽 괴로웠으면, 남들이 알지 못하는 내밀한 흠결을 갖게 되었던 걸까? 그러고 보니 오래 전 언젠가 ㄱ 시인이 김 추기경의 처지에 대해 안타까워하며 걱정했다는 얘기를 그의 부인에게 들은 기억이 난다.

1960년대 후반 무렵 우정이 깊어진 두 사람은 이따금 격의 없는 만남을 가지기도 했는데, 1969년 최연소 주교로 우리나라 최초의 추기경으로 전격 임명된 김 추기경은 교회 내 권력 기득권부의 반발로 고심이 컸다고 한다. 심지어는 교구 수장으로서 회의를 소집해도 해당 멤버들이 나타나지 조차 않는 등 애로가 이만저만이 아니었다고 한다.

이러한 고민을 털어놓는 추기경을 보며 ㄱ 시인은 자신이 가지 못한 길을 고난 속에 피땀 흘리며 가고 있는 벗에 대한 생각으로 마음이 어지러웠을 것이다. 그러면서도 한편으론 성직과 예술이란 각기 다른 '하느님의 일터'에서, 소명의 고통을 피하지 않고 이겨내려 하는 서로에 대한 벅찬 동지애로 가슴이 끓어올랐을지도 모를 일이다.

몰이해가 일상 속에 공기처럼 편만한 시대에 사랑과 용서를 간곡히 당부하고 떠난 김수환 추기경. 사회 어디서나 소용돌이치는 이기와 위선의 탁류에 떠밀려 세상의 순수한 것들이 빠르게 사라져가는 시대에 '세상에는 시가 필요해요'라는 외로운 외침을 남기고 떠난 ㄱ 시인. 그들을 떠올리면 나는 왠지 기원 전 역사 속에서 잔악무도한 통치로 악명 높았던 아시리아 제국의 타락한 도읍, 니네베 백성에게 죽음을 각오하고 하늘의 소리를 전한 예언자 요나가 생각난다.

요나는 사실상 하느님의 부르심을 받지 않으려고 오랜 세월 도망 다니던 끝에 풍랑을 만나 하느님의 도움으로 죽을 고비를 넘기자 깨달은 바 있어 니네베 예언을 이행한 사람이다. 도망치고 도망쳐도 소용이 없었던 것이다. 그것을 깨달은 사람은 세상의 불의와 맞서는 데 아무 주저함이 없다. 다만 하늘의 뜻을 어떻게 효과적으로 전할 것인지에 마음을 쏟을 뿐이다.

김수환 추기경은 요나의 그러한 결기와 몰입을 평생의 삶을 통해 보여 주었고, 떠나는 마지막 순간에도 불신과 원망으로 서로를 망가뜨리고 있는 우리를 걱정하여 다시 한 번 분명하게 하늘의 뜻을 전하였다. "사랑하고, 사랑하고, 또 용서하십시오."

요나가 하느님의 말씀을 전한 뒤 니네베 사람들은 회개하였다. 그 회개를 어여삐 여겨 이스라엘의 하느님은 그들을 징벌하지 않았다. 오늘날의 이스라엘을 보면 요나는 이제 예루살렘에 가서 하느님의 경고를 예언해야 할 것 같다. 흔히 구약성경을 신과 인간의 관계를 집대성한 하나의 거대한 상징체계라고 한다. 그렇다면 시대에 따라 요나는 계속 새롭게 출현하지 않겠는가. 우리 시대의 요나들이 떠난 후 또 어떤 요나가 올 것인지 궁금하다. 김수환 추기경, 그러면 자신의 뒤를 이을 요나가 어떤 모습일지 알지 않았을까?

나는 벌써부터 그가 그립다. 늘 그리운 나의 아버지 ㄱ 시인도 덩달아 더 그립다. 하늘에서 반갑게 해후할 두 분의 모습을 떠올리니 그 환한 정경이 내 안에 깊은 그리움으로 각인되어 오랫동안 머무를 것 같은 느낌이다.

내 안에서 부활하는 존재들

'부활' 이란 단어를 국어사전에서 찾아보면 '죽었다가 다시 살아남' 이라고 나와 있지만
우리 그리스도인들에게는 성서적 뉘앙스가 풍겨지는 '거듭남' 이란 정의가 좀 더 친밀
하게 다가오는 듯하다.

일상의 탁류에 휩쓸려 정신없이 살다가 영성과 감성이 메
마르고 혼탁해져서 무슨 일에도 감동할 줄 모르는 스스로가 느껴
질 즈음 내 의식의 자정自淨작용인 듯 홀연히 떠올려지는 이야기
가 하나 있다. 콜롬비아의 노벨상 수상작가 가브리엘 G. 마르케
스의 〈로마에서의 기적〉이란 작품이 그것인데, 이야기의 요체는
다음과 같다.

안데스 산지의 마을에 살던 마르가리토란 이름의 남자가 어느
날 소나무로 짠 커다란 가방을 들고 로마에 나타난다. 그 가방 안
에는 일곱 살에 죽은 그의 딸의 시체가 십년이 넘도록 썩지 않고
살아 있을 때와 똑같이 아름답고 생기 넘치는 모습으로 잠자듯
누워 있다.

마르가리토는 그 기적을 바티칸에서 칙령으로 선포 받고 성녀

출현에 대한 교회의 공식 승인을 얻고자 로마에 머물면서 온갖 까다로운 공식적 절차와 역정을 거치지만 그 목적을 이루는데 결정적으로 필요한 교황과의 단독 알현은 좀처럼 이루어지지 않는다.

그러나 결코 포기하지 않고 바티칸으로부터의 연락을 기다리며 사는 20여년의 세월 중에 그는 자신도 모르는 사이 성인의 면모 같은 것을 갖추게 된다. 마르가리토는 성 마르코처럼 동물원의 사자들과 이야기가 통하고 거리의 창녀들을 교황을 대하듯 극진한 예의로 대하는 희귀한 품성의 인격체로 탈바꿈해 간다. 성聖에 대한 확고한 믿음을 지닌 한 평범한 인간이 오랜 세월 자신의 소명이라 믿는 것에 완전히 투신하며 살다 보니 결국 자기 존재의 차원 변경을 일으키게 된 것이다.

영성적 위기감을 느낄 때 한 번씩 다시 읽어보곤 하는 이 작품이 내게 주는 메시지는 무엇일까? 처음 읽었을 때와 달리 몇 번 되풀이해 읽고 난 지금, 나는 그 이야기가 썩지 않는 소녀의 주검이 내포하는 기적성에 관한 것이 아니라, 그 주검에서 성스러운 가치를 발견하고 그것을 적극적으로 추앙하는 삶을 통해 스스로 거듭나는 한 인간의 부활에 관한 것이라는 생각을 한다.

'부활' 이란 단어를 국어사전에서 찾아보면 '죽었다가 다시 살아남' 이라고 나와 있지만 우리 그리스도인들에게는 성서적 뉘앙스가 풍겨지는 '거듭남'이란 정의가 좀 더 친밀하게 다가오는 듯하다. 거듭남이란 반드시 육신의 죽음을 전제하는 것이 아니기에 모순과 부조화로 가득한 이 지상에서 숨 쉬며 살아 있는 존재인 우리에게도 부활의 가능성을 열어 놓는다.

〈로마에서의 기적〉에서 어린 나이에 죽은 순결하고 아름다운 소녀는 그 아버지 안에서 불멸의 생명력을 갖고 다시 살아난다. 이것은 사전적 의미의 부활 또한 가능하다는 것을 시사한다. 육신을 벗고 이 지상을 떠난 영혼들이 부활한다는 것은 바로 그런 것이 아니고 무엇이랴!

개인적인 체험에 빗대어 얘기하자면, 나는 수년전 돌아가신 내 사랑하는 어머니가 늘 그런 식으로 부활하심을 느끼며 산다. 내 안에서 부활시킨 그분의 사랑과 지혜의 도움으로 삶의 어려운 고비와 난관들을 헤쳐 나간 적이 한두 번이 아니다.

〈로마에서의 기적〉에서 영원히 썩지 않는 소녀의 주검은 살아 있는 자 안에서 부활하는 영혼을 상징적으로 나타낸 것이다. 그 소녀나 나의 어머니는 영원히 부활하는 존재들이다. 소녀의 아버지 마르가리토가, 또 어머니의 자식인 내가 그 영혼을 사랑하고 기억하는 한 부활의 기적은 언제까지라도 그렇게 이어질 것이다.

5부 순수와 낙원의 시간

게으른 자의 글쓰기

그렇다면 진정으로 일한다는 것은 무엇을 말하는가? 나는 그것이
문학인의 경우에 있어서 작업에 임하는 정직한 자세와 치열성이라고 생각된다.

요즈음 아침형 인간이니 저녁형 인간이니 하는 말이 세간에 유행하고 있는 걸로 안다. 이는 사람의 생활체질을 분류함에 있어 다소 이분법적인 냄새를 풍기긴 하지만 가치중립성에 있어서는 별 문제가 없는 방법이라고 생각된다.

그러나 만일 누가 부지런한 인간형과 게으른 인간형으로 사람을 분류하는 입장을 발표했다면 그것이 생활 체질이나 삶의 방식을 논하기에 적절한 방법이 못 된다는 것을 독자나 청중의 반응을 통해 금방 알게 될 것이다. 너무 구태의연한 관점의 파악이라서 흥미롭지도 않을 뿐더러 부지런함이니 게으름이니 하는 것 자체가 자칫 윤리적 평가를 의미하는 것으로 받아들여 질 수가 있기 때문이다.

그럼에도 나는 이 일견 하나마나 한, 또는 별 영양가 없어 보이

는 분류법이 어떤 부류의 사람들에 관한 한 썩 걸맞은 파악법이라고 얘기하고 싶다. 이 '어떤' 부류에 대표적으로 속하는 사람들이 문학인이라고 한다면 나만의 엉뚱한 판단일까?

내 생각에 문학인에는 두 가지 유형이 있다. 앞서 말했듯이, 부지런한 문학인과 게으른 문학인이 그것이다. 전자는 지치지 않고 끊임없이 작품을 생산해 내는 다작형 작가이고, 후자는 띄엄띄엄 잊어버릴 만하면 한 번씩 작품을 내놓는 과작형 작가이다. 일반적으로 분류한다면 전자가 부지런한 작가로 인식되는 건 당연한 일일 테고 따라서 후자는 자동적으로 게으른 작가의 카테고리로 밀려날 것이다.

그런데 문제는 부지런한 농부의 농사가 잘 되는 것처럼 부지런한 작가의 작품이 반드시 훌륭한가 하는 데 있다. 물론 많이 쓰다 보면 필력이 붙어 주제의 형상화나 예술적 성취를 일궈내는 솜씨에 내공이 쌓이기도 하겠지만, 시시한 것을 시시한 줄 모르고 끊임없이 써대는 사례도 없지 않기에 의문을 갖는 것이다. 한편, 본의건 아니건 작업 스타일이 게으른 유형에 속하는 작가일지라도 그 어쩌다 써내는 작품들이 훌륭할 경우가 왕왕 있다. 다시 말해 창작의 세계에서는 누가 더 많이 일하느냐 보다는 누가 더 진정으로 일하느냐가 가치 평가의 기준으로서 더 유효하다는 얘기이다.

그렇다면 진정으로 일한다는 것은 무엇을 말하는가? 나는 그것이 문학인의 경우에 있어서 작업에 임하는 정직한 자세와 치열성이라고 생각된다. 후자 즉 과작형에 속하는 작가인 나는 최근 들어서야 그 사실을 깨닫고 영원히 벗어나지 못할 것 같던 과작 콤플렉스에서 좀 자유로워지는 느낌을 받았다.

며칠 전에 나는 실로 오랜만에 작품을 하나 완성했다. 지난 일 년여 집안에 여러 가지 우환이 겹친 걸 핑계 삼아 그러잖아도 가뭄에 콩 나듯이 쓰고 지내며 작가의 타이틀을 민망스러워 하던 나는 그 기간 중 완전히 손을 놓고 지냈기에 작업에 착수하는 것 자체가 매우 힘들었다.

그래 봤자 100매 안짝의 단편이긴 하지만 지난 수년간 생각하고 자료를 수집하여 틈틈이 공부해 왔던 제법 무게 있는 소재를 다룬 것이라 처음 구성 단계부터가 만만치 않았다. 그동안 생각날 때마다 메모해 놓은 몇 가지 구상에 따라 각기 다른 구성을 적용하여 작업을 서너 형태로 시도했으나 거의 도입부에서 그치고 더 이상 나가지지가 않았다.

그래도 개중 가장 완성의 가능성이 보이는 걸로 어렵게나마 밀고 나가 한 70% 써낸 단계에서 그만, 수천 길 낭떠러지의 암벽에 대롱대롱 매달린 채 더 이상 디디고 올라갈 바윗돌도 나뭇가지도 보이지 않는 깜깜한 상황에 놓인 자신을 발견했다.

그런 상태로 한동안 매달려 있노라니 기력은 점점 빠져나가 내가 애초에 붙잡고 올라오던 시원찮은 밧줄마저 곧 놓쳐 버릴 것만 같았다. 그 전에도 이따금 경험했지만 참 묘한 것은, 이렇게 절박한 상황에 이르면 마치 사막의 신기루처럼 돌연 절벽 위로 연결되는 안전하고 번듯한 계단 같은 것이 눈앞에 나타난다는 사실이다.

그런데 함정이 거기에 있다. 힘겹게 붙잡고 있던 줄을 놓고 그 멋진 계단 위로 발을 올려놓는 순간 낭떠러지로 곤두박질치게 되는 것이다. 환幻의 계단! 이전에 몇 차례 쓰라린 경험이 있기에 나는 이제 그것을 어느 정도 식별할 줄 안다. 진짜는 그렇게 난데없는 기적처럼 나타나 주지 않는다는 것을.

이 중요한 순간에 정신을 바짝 차리고 마지막 기력을 다 모아 으랏차 암벽을 향해 돌진하게 되면 진짜 기적은 그때 일어난다. 전에 안보이던 발 디딜 곳과 붙잡을 것이 보이기 시작하는 것이다. 물론 이때부터 정상을 향한 고투는 새로이 시작되며, 나머지 등반 중에도 그러한 결단의 순간은 한 차례 이상 또 다시 찾아오기도 한다.

결국 자기와의 싸움이 암벽등반의 성패를 가른다는 얘긴데, 이

때 '자기'란 것은 안이하게 얼버무리려는 마음, 그럴싸하게 포장하여 내용 없음을 감추려는 마음 따위를 뜻한다. 곧, 정직과 치열에 반대되는 길이다. 정직하고 치열한 작가라면 평소에 게으르다가도 일단 작업에 임하면 자기 진정성을 투입하기 때문에 결국에는 좋은 작품이라는 목표에 도달한다. 반면, 평소에 부지런하여 펜을 놓지 않고 사는 작가라도 앞서 말한 결단의 순간에 자기 안에 도사리고 있던 부정직하고 안이한 면목과 타협해 버리면 낭떠러지로 굴러 떨어져 생명 잃은 태작駄作을 낳고 마는 것이다.

한 작가가 부지런하면서도 자신에게 정직하고 치열성을 한시도 놓지 않는다면 그는 명실공히 대가大家의 경지를 이룰 것이다. 하지만 그다지 많이 생산하지 못하여 게으르다는 소릴 듣는 사람도 작업할 때만큼은 최대한 진정성으로 임한다면 과작의 좋은 작가는 될 수 있으리라고 본다. 물론 타고난 재주의 높낮음도 어느정도 변수로 작용하긴 하겠지만 말이다.

문학인으로서 좀 더 세분화된 분류를 적용시켰을 때 나는 재주가 짧고 게으른 유형이라는 건 이미 자타에게 확인된 사실인데, 정직과 치열을 수반하는 작가정신의 진정성 측면에서는 앞으로좀 더 지켜볼 여지가 있는 듯하다.

그러나 누가 '너 그렇게 게을러서 어떻게 작가로서 경쟁력을 갖겠냐? 하고 빈정댄다면 이렇게 대답할 것이다. 게으르기 때문에 서두르지 않고 천천히 날아가다 보면 세상을 두루 살펴볼 여유도 있고 속도 내는 자들이 공기저항을 받기 때문에 잘 못하는 고공비행高空飛行도 할 수 있을지 모른다고.

소설, 너의 길을 묻는다

이제 나는 이해한다, 너의 그 고통과 아픔을.
미안하다, 소설아.

새로운 빈터를 찾아서

노스트라다무스에 의해 종말이 닥칠 걸로 예언된 그 시점으로 부터 여러 해가 지나도록 이 지구촌의 세상은 심하게 삐걱거리면서도 여전히 굴러가고 있어. 그보다 사백 년 뒤에 태어난 조지 오웰은 우리 시대의 상황에 꼭 들어맞는다곤 할 수 없으나 좀 더 근접한 예언을 했지. '정보 체계가 모든 것 위에 군림할 것이다.' 이 예언 속에 구체적으로 명시되진 않았지만 충분히 암묵적으로 시사된 문화사적 현상이 하나 있는데, 바로 문학의 변방화야. 문학이 인간 정신문화의 총아로서 중앙의 한 자리를 차지하는 행운을 더 이상 누리지 못할 거란 얘기지.

사실 오늘의 물질문명은 오웰보다 약간 앞서 예언한 올더스 헉슬리의 체면을 좀 더 세워주고 있는 것 같아. '전횡적 정보 체계

가 무한 정보망에 대한 끝없는 욕구를 통해 다가올 것'이라는 그
의 예견대로 이 '멋진 신세계'의 무한복제 기술은 인간의 생태학
적 측면뿐만 아니라 정신문화적 측면에도 전혀 새로운 차원의 변
화를 가져오고 있어. 즉 정보의 복제 메커니즘이 무한 작동됨에
따라 문자적 상상의 영역은 무수한 전자적電子的 환영에 의해 하
루가 다르게 잠식당하고 있는 것 말이야. 이로써 오웰의 예언과
연관해서도 보다 시의적時宜的인 변주들이 나타나게 되었는데, 문
화적 장르로서 독자적 존립을 위협받게 된 너, 소설의 종말론이
그 하나지.

  나를 포함한 이 시대 많은 소설가들은 이 불길한 자기 암시적
담론의 갖가지 변용된 형태의 소음 속에서 자기 실존의 근간이
흔들리는 불안에 때 없이 시달리며 너를 떠나지 않으려 안간힘을
쓰고 있다는 거 알지?

  물론 너의 시대적 좌표에 대해 희망적인 견해도 아주 없지 않
아. 멕시코 작가 카를로스 푸엔테스는 네가 불가피하게 맞닥뜨리
고 적응해야 할 정보화과정의 긍정적인 측면을 이렇게 이야기하
는군.

  '그것은 리얼리즘과 환상주의 간의 인위적 경계를 무너뜨리
고, 소설을 국경 너머 저 멀리 상상과 언어의 공동의 땅으로 내몰

아, 소설사에 새로운 장을 열었으며 소설의 새로운 지형도를 그려냈다. 소설나라의 시민들이 예고된 소설의 죽음에 저항해 가장 빛나는 시대를 건설한 것이다.'

나도 이념적으로는 푸엔테스의 견해에 동의해. 아니, 동의 정도가 아니라 그래야 마땅하다고 믿는 당위적 신념마저 품었어. 하지만 자기 견해를 뒷받침하는 예로 그가 들먹인 '소설나라의 시민들'이란 나딘 고디머, 네이폴, 살만 루시디, 토니 모리슨, 가브리엘 마르케스, 마리오 바르가스 요사, 호르헤 보르헤스, 이탈로 칼비노, 밀란 쿤데라, 귄터 그라스, 토마스 베른하르트, 나기브 마푸즈, 브레이튼 바흐 등 이미 세계적 거장의 반열에 오른 사람들이야.

그러니 나는 또다시 회의에 빠지게 돼. 그들에 필적하는 재능과 열정의 소유자가 아니고서야 어떻게 이 낯설고 끔찍하게 혼란스러운 계수 — 낯익고 정겨운 이야기 나라의 계수桂樹가 아닌, 계수計數 — 의 숲을 간벌하여 너를 위한 '빈터'를 확보할 수 있겠니. (하이데거는 '리히퉁'이라고 명명한 그 간벌된 터에서 인간의 모든 창의적 실존이 비롯된다고 갈파했었지.) 더구나 지극히 평범한 재능에다 게으른 천성까지 보태져 과작을 개성으로 내세우는 나 같은 위인이 어떻게 너의 새 터전을 마련할 그 소수 정예의 대열에 낄 수 있겠어.

그러한 빛나는 본보기들은 내가 너의 공급자가 아닌 소비자일 땐 복음으로 다가올 수 있겠으나, 사실 지구촌 한 구석의 이름 없는 신진작가인 나를 더욱 절망케 할 따름이야. 그들이 아무리 자기들 나름의 신경지를 개척해 놓았다 한들, 그것이 자신의 작가적 좌표가 될 수는 없다는 걸 모를 만큼 아둔하진 않은 것이 나의 불행이라면 불행이지. 황새 좇는 뱁새 꼴 되기 전에 그들의 현란한 방법론일랑 눈요기로 그치고 내 위치에서 시도할 수 있는 소박하지만 주체적인 변화를 추구하는 게 차라리 현명하지 않을까.

"조선의 미술가가 되려면 쇼윈도에 진열되어 있는 진주가 아니라 백길 물속에서 산 진주를 품고 있는 조개를 건져 올리는 것과 같은 구도 정신을 가져야 한다." 이것은 풍속화로 유명했던 월북화가 이명건이 우리 미술의 장래를 걱정하며 남긴 말인데, 문득 떠올리니 내 안의 위축됐던 '작가'가 기지개를 켜는 듯한 느낌이야.

지금 너와 네가 처한 상황에 대입해 보니, 세계화와 정보화의 급류에 휩쓸려 나가 혼돈의 바다를 정처 없이 표랑하지 않으려면 자기중심의 무게 추를 아래로 아래로 드리워 깊은 물로 내려가야 한다는 의미로 풀이되는군. 그 어둡고 침잠한 곳에서 어쩌면 계수적 환영의 편만遍滿과 위력이 닿지 않는 뜻밖의 '빈터'를 찾을 수 있지 않을까. 네가 새로이 씨 뿌려져 너만의 모습으로 생장할 수 있는, 그런 빈터를.

그 빈터에서 포스트모더니즘을

나의 이러한 자가 처방은 언뜻 생각할 때 이 시대의 포스트 모더니즘적 추구에 역행하는 것처럼 보일 거야. 많은 작가들이 해체의 미학과 환상성을 특기 삼는 포스트모더니즘 작법을 알지 못하면 도태될까 봐 은연중에 두려워하고 있거든. 너한테 솔직히 고백하건대, 나도 한동안 그러한 강박에 시달렸던 게 사실이야. 그 얘길 좀 해볼까?

여러 해 전, 미국에 망명한 러시아 출신 무용가 미하일 바리시니코프의 내한 공연을 관람한 적이 있어. 머리털 난 후 처음으로 내 돈으로 로얄석이란 걸 사서 관람한 공연이었지. 발레의 거장 바리시니코프가 '화이트 오크 댄스 프로젝트'란 현대무용단을 이끌고 와 이른바 후기 현대무용 즉 '포스트모던 댄스'라는, 한국의 일반 관객들에겐 다소 생소한 형태의 공연을 펼쳐보였어.

그런데 그들의 그 비정형적이고 단순하면서도 난해한 춤사위나 몸짓들이 내게 기막히게 공명을 일으키는 요소가 있더라구. 그것은 곧 바리시니코프 자신이 정통 발레에서 시선을 돌려 현대

무용에 천착하게 된 이유와 맥락을 같이하는 무엇이었던 거야. 바리시니코프는 한 인터뷰에서 이렇게 말했지. "무용수들이 춤추는 방식, 즉 그들의 평범한 몸이 무대 위에서 어떻게 아름다움을 연출할 수 있는지에 완전히 매료되었다. 그 순간 나도 해보고 싶다고 생각했다."

아닌 게 아니라 그날 공연을 한 무용수들은 남녀 할 것 없이 우리가 보통 발레 무용수에 대해 알고 있는 물 찬 제비 같은 날렵한 몸매, 또는 사지가 기다랗게 쭉쭉 빠진 시원스런 몸매의 소유자가 아니라 그저 작달막한 키의 탱탱하거나 딴딴해 보이는, 지극히 평범한 몸매를 지닌 사람들이었어. 그런 평범한 사람들이 그 공연이 기치를 내 건 '일상성의 미학'을 형상화하기 위해 각자 맡은 아주 개별적이고 동떨어진 몸짓들을 완전한 몰입 속에 열정적으로 수행하고 있는 걸 보노라니까 내가 살고 있는 이 세상이 그 무대와 별로 다를 바 없다는 생각이 들지 않겠어.

바리시니코프 덕분에 무용 관람에 맛을 들인 나는 며칠 뒤 또 다른 공연을 보러 갔어. 러시아 제일의 현대무용 안무가란 사람이 같은 무대에 올린 〈카라마조프의 형제들〉을 관람했지. 그런데, 이게 웬 일? 러시아 정통 발레 무용수들의 탁월한 기량과 카리스마 넘치는 무대미술에도 불구하고 나는 그 공연이 그렇게 따

분할 수가 없는 거야. 이름도 그날로 기억에서 지워진 그 안무가의 지극히 모더니즘적인 작업은 대문호의 그 걸작을 우리 삶과 아무 상관없는 윤리 교과서처럼 느껴지게 만들었어.

그 두 편의 무용 공연을 보고 나서 나는 포스트모더니즘이 왜 생겨났는지를 알게 되었어. 단순히 모더니즘 뒤를 이은 사조라서 '포스트(후기)'가 붙은 게 아니라는 걸 안 거야. 즉, 모더니즘으로 분류되는 예술 컨텐츠는 제아무리 충실한 것이라도 어느 시점 이후의 우리 삶을 반영하는 데 있어 자체적 한계를 면치 못하기 때문에 그 '후기적' 삶에 걸맞은 표현 양식이 생겨나야만 했단 얘기지.

우리가 사는 이 시대는 앞서 푸엔테스가 얘기했듯이 리얼리즘(현실)과 환상(환영)이 뒤얽히고 인위적 경계가 점점 사라져 많은 것에서 안과 밖의 구분이 모호해지고 있는, 혼돈과 해체의 시기라고 할 수 있어. 그렇기 때문에 비교적 뚜렷한 명제와 확고한 테두리를 견지하는 모더니즘적 표현 양식은 더 이상 유효하지 않았고, 포스트모더니즘의 도래가 불가피해졌던 거지.

이렇게 포스트모더니즘이 필연적인 진보라는 인식에 도달하자 나는 갑자기 공황상태에 빠져 버렸어. 더 이상 너를 이전에 써오던 방식으로 쓸 수가 없게 된 거야. 그래서 포스트모더니즘의 아버지라는 보르헤스의 수수께끼 같은 텍스트들 속에 스스로를 가두고, 너무 난해하여 화가 치미는 푸코나 데리다의 대체물로 신토불이 해체철학인 노장사상에 코를 박고 지냈지. 그러는 몇 해 동안 너는 내 안에서 시나브로 말라버려 거의 고사 직전에 이르렀더구나. 마치 사막으로 순례를 떠난 자처럼 내가 황량하고 삭막한 여정을 정처 없이 이어가는 동안 너는 얼마나 힘들었겠니!

이제 나는 이해한다, 너의 그 고통과 아픔을. 미안하다, 소설아. 이제 네가 마음껏 숨 쉬고 활개를 펼 수 있는 오롯한 빈터를 찾아낼 것이고, 거기서 너를 새롭게 작농하련다. 아직 내게 그 빈터는 깊은 물 속 어딘지 모를 어둠 속에 은밀하게 위치한 어떤 곳이라는 느낌만으로 존재하지만, 일단 잠수는 시작되었으니 희망을 가져 다오. 그 빈터를 찾아내는 순간 그곳이 바로 포스트모더니즘의 장이 될 것을 나는 이제 알 수 있어.

왜냐하면 그곳은 너, 나의 소설이 단독자적 개체로서 살아갈 유일한 문학적 현실이기 때문이지. 그리고 유일한 것은 언제나 첨단을 의미하기에 너는 더 이상 시간의 흐름을 걱정할 필요가 없을 거야. 그냥 그곳에서 너의 최선을 살기만 하면 된다는 얘기지. 어때? 내 계획이. 듣던 중 그럴 듯하지 않아?

우리말 '얼큰하다'

나는 언제부턴가 '얼큰하다' 는 말의 느낌에 매료되어
걸핏하면 그 형용사를 써먹을 일이 없을까 암중모색 하는 버릇이 생겼다.

공자님은 과유불급過猶不及이라 하셨지만, 감각의 세계에
관한 한 나는 약간 지나친 것이 못 미치는 것보다 낫다고 생각하
는 사람이다. 사람의 기본 감정인 희로애락喜怒哀樂부터가 그렇다.
기쁘거나 즐거울 때 한껏 기뻐하고 환호작약 할 일이며, 슬플 때
는 슬퍼할 만큼 슬퍼하여 자기 안에 응어리가 맺히지 않게 할 일
이며, 분노의 화염에 휩싸일 때면 남에게 피해를 주지 않는 방식
으로 화를 발산할 만큼 발산하여 불발탄의 잠재성 위험을 오히려
방지하자는 주의인 것이다.

그래서인지 나는 언제부턴가 '얼큰하다' 는 말의 느낌에 매료
되어 걸핏하면 그 형용사를 써먹을 일이 없을까 암중모색 하는
버릇이 생겼다. 국이나 찌개는 얼큰할수록 감칠맛을 느끼게 되었
고, 단골 카페에 가면 맛과 향이 약간 쌉쌀할 정도로 진하게 '얼

큰한' 커피를 주문한다. 술도 안 마시면 모를까 마시면 얼큰해지도록 마셔야 직성이 풀린다. 인간관계로 들어가면, 주고받음이 균형감 있고 일정한 거리를 유지하는 담백하고 안전한 사이보다는 차라리 좀 개개고 부담을 주기도 하지만 미운 정이 고운 정에 얼큰하게 버무려져 묵을수록 발효의 미각이 살아나는, 그런 관계를 선호한다.

요즈음 신세대가 쓰는 표현 중에 '얼큰 담탱이' 니 '얼큰 여친'이니 하는 것들이 있는데, 이는 물론 '얼굴이 큰' 을 줄인 조어로서 내가 사랑하는 '얼큰' 과는 거리가 멀지만 그래도 그 말이 자주 귀에 들리니 내심 반가웠다. 어느 날 길에서 '얼큰 동물병원' 이란 상호를 발견하기 전까진 약간의 동류의식마저 느꼈던 듯하다.

하여간 내 사랑 '얼큰' 이가 그 원래의 정체성을 너무 훼손당하지 않길 바라면서, 오늘도 나는 얼큰한 것들을 먹고, 마시고, 사귀고, 향유하려 내 무딘 감각의 촉수를 부단히 움직인다.

나, 중년 문학인이 바라는 것

나는 문학인으로서 소망한다.
우리 문학이 전 연령층의 독자를 갖는 풍토가 마련되기를.

전철을 타고 한 구간 이상을 가다 보면 우리 국민의 연령
대별 독서 성향을 웬만큼 눈치 챌 수 있다. 이어폰을 낀 20대 청
춘들이 핸드폰 통화나 문자 전송에 팔려 있지 않을 경우 고개를
박고 있는 책은 아무 편의점 가판대에라도 꽂혀있을 베스트셀러
목록 도서들이 대부분이다.

30대 직장인들이 긴장한 모습으로 훑어보고 있는 책 역시 베스
트셀러 목록에 든 도서들이다. 두 세대가 공통적으로 베스트셀러
독자층인 것이다. 그런데 다른 점이 있다면, 전자는 남녀 구분 없
이 문학 및 인문 도서를 많이 보는데, 후자의 경우 여성들은 20대
와 별반 다르지 않은데 비해 남성들의 손엔 언어학습서, 자기계
발서 등 기능성 도서가 현저히 많이 들려 있다는 것이다.

이 사실만으로도 이른바 문학인이란 직업명을 가진 나 같은 사

람은 적잖은 불안감을 느끼게 되는데 차내의 40-50십대 중년 승객들에게로 시선을 돌리면, 한숨이 절로 나온다. 그 세대는 공짜 신문이나 스포츠 일간지에 코를 박고 있지 않으면 독서라는 골치 아픈 도덕적 채무를 인생에서 청산한지 오래라는 듯 책 읽는 젊은이들을 소 닭 보듯 바라보다 끄덕끄덕 졸거나 무심의 경지를 아는 자 특유의 초점 없는 눈길을 허공에 부려놓고 있는 사람이 열이면 여덟인 것이다.

이러니 60대 이후 세대야 말해 뭣하랴. 독서하는 그 세대 전철 승객을 만나겠다는 것은 천안역 앞 국밥 골목에 가서 '고도를 기다리는' 것만큼이나 기약 없는 일일 터.

혹자는 물을 것이다. 당연한 현상이 아니냐고. 대한민국처럼 전대미문의 과속질주를 일삼는 후기산업자본주의 사회의 '밥 벌어 먹고 살아야 할' 구성원 중 어느 누가 한가롭게 시집이나 소설책을 끼고 몽상과 가상의 현실에 젖어 지내면서 필요한 생존 경쟁력을 갖출 수 있겠냐고.

맞는 말이다. 지금 우리는 한때 어느 친절한 국가수반께서 누차 환기시키곤 했던 무한경쟁 글로벌 시대의 엄혹한 현실에서 살아남기 위해 각기 무언가 효율적 기능을 갖추고 발휘하여 그 거대한 질주의 톱니바퀴에서 이탈되지 않도록 안간힘을 써야하는 부품적 개체들이다. 한 마디로 효율과 속도가 시대의 코드이며, 이 두 가지는 항상 동전의 양면처럼 함께 요구된다.

그런데 무릇 시간예술의 생리가 그러하듯 문학이란 물건은 제조자나 소비자나 시간을 들여야만 가치가 발생하는 것이어서 그 코드의 어느 쪽 면에도 부합하기 어렵다. 시간은 많이 들어가고 경제성은 적으니 속도와 효율은 딴 세상 얘길 수밖에. 또한 양상은 좀 다를 지라도 철학, 역사학, 언어학 등 전통 인문학 분야의 저술도 이 만성 '부적응'에서 자유롭지 못한 건 마찬가질 것이다. 그 분야 저서가 어쩌다 베스트셀러가 되었다 한들 한 편의 블록버스터 할리우드 영화와 비교해 투자(연구+저술) 대비 경제효과를 계산해 보면 미미한 수준이 아니겠는가.

정리하자면, 문학이나 인문학 방면의 저술이 온 몸에 예각과 결기를 곤두세워 잠수함의 스크루처럼 휘저으며 무한경쟁의 바다를 헤쳐 나가야 하는 우리 국민들의 시대적 적응력을 높이는데 얼마나 도움이 되는지를 속도와 효율의 측면에서 따진다면 상당히 낮은 평가를 면치 못할 것이란 얘기. 그런데 과히 오래지 않은 세월 전까지만 해도 문화의 총아로 사랑받았던 문학이 급속히 중앙에서 밀려나 곧 뒷방신세로 전락할 것만 같은 이 서글픈 시점에서, 한 번쯤 이것이 정말 '글로벌' 한 현상인지 어쩐지 알아보긴 해야지 않을까? 해서, 나름대로 떠올려본 몇몇 나라들이 있는데 그 중에서 내가 직접 가보고 느낀 것이 많았던 아일랜드에 대한 얘기를 좀 해볼까 한다.

아일랜드는 우리나라처럼 언어말살까지 수반하는 굴욕적인 식민통치를 받은 후 내전을 거쳐 분단을 겪은 나라이다. 그런 와중에 대기근이 덮쳐 백만 명 이상 사망하고 백만 명 이상 자국민을 이민 보내야 했던 슬픈 역사를 지녔다. 그러나 그들은 지난 세기 후반부터 중흥의 대역사를 일으켜서 지금은 연간 국민소득이 4만 달러에 달하는 경제 호황을 안정적으로 누리고 있다.

작은 섬나라이기에 자원이랄 것이 별로 없는 그들은 오직 사람에 투자하여 그 인재 하나하나가 탁월한 경영 능력과 공동체 정치력을 갖게끔 양성하였고, 그들의 그런 힘이 결집되어 아일랜드는 글로벌 사회에서 IT 강국, 금융 강국으로 평가받는 성공을 일으켰다. 그들은 과감한 금융 및 세제 정책을 통해 유수한 외국투자기업을 풍부하게 유치했고 합리적인 외국인 노동자 정책을 통해 양질의 노동력을 확보했는데, 그러한 경영 능력과 정치력 배양을 가능케 한 것은 다름 아닌 그들의 강한 인문학 전통에 바탕을 둔 교육제도와 문화 환경이라고 한다.

실제로 아일랜드 사람들은 수학을 잘 못한다고 한다. 그러나 그들은 수학을 잘 하는 인도나 동구권 출신 인력을 효과적으로 잘 활용하여 IT와 금융 산업을 멋지게 운용한다는 것이다. 이는 다시 말해 인간 경영을 잘 한다는 것인데, 인간을 잘 쓰고 이끌자면 인간에 대한 공부가 선행되어야 하지 않겠는가. 그 공부의 큰 몫을 아일랜드의 빛나는 문학 전통이 받쳐주고 있었던 것이다. 사무엘 베케트를 비롯해 노벨문학상 수상자를 4명이나 배출한 아일랜드 문학은 세계현대문학사의 기념비적인 작가 제임스 조이스를 낳기도 했다. 그리고 오늘날엔 노벨문학상에 버금가는 인터내셔날임팩더블린문학상까지 제정하여 문화적 호연지기를 국제사회에 떨치고 있는 것이다.

우리처럼 깊은 한의 역사 속에서도 가무를 즐기고 음주 또한 우리 못지않은 주당의 나라, 아일랜드의 국민과 우리 국민의 생활습관에서 특히 다른 점 하나를 꼽으라면 무엇일까? 작년 겨울 일주일 정도 체류하며 살펴본 내 눈에 두드러지게 들어온 것은 그들의 독서 습관이었다.

그들은 남녀노소가 거리에서도 버스 안에서도 식당에서도 약간의 시간 여백만 주어지면 책을 펼쳐들었다. 그 책들은 대다수가 상당히 두터운 페이퍼백으로 문학과 인문학 도서인 듯 했다. 특히 내가 감동받은 것은, 중년과 노년의 남녀들이 소설 읽기에

흠뻑 빠져 옆자리에서 이방인이 훔쳐보는 줄도 모르고 몰두해 있는 광경이었다. 아일랜드의 힘, 그것은 옛 전통의 연속선상에서 인간에 대한 탐구를 국민 모두가 일상 속에 이어가는, 그 문화적 풍토의 힘일 거란 생각에 몹시 부러웠던 기억이 난다.

나는 문학인으로서 소망한다. 우리 문학이 전 연령층의 독자를 갖는 풍토가 마련되기를. 나는 또 소망한다. 중년인 내가 생산하는 문학을 가장 자연스럽게 소비해 줄 수 있을 중장년들의 삶에 필요한 문학을 내가 할 수 있게 되기를.

순수와 낙원의 시간

별이 번쩍 하는 그 순간에도 내 뇌리에는
입안에서 끊어지는 아기 예수님의 몸통이 어른거렸던 듯하다.

누구에게나 반세기 가까운 세월 너머의 시절을 잘 기억해
내기란 쉽지 않은 일일 것이다. 그것이 취학 전 아동기에 대한 기
억일 때는 더욱 그러하다. 열한 살 무렵부터 고향을 떠나 서울로,
또 외국으로 옮겨 다니며 살았던 나는 자꾸 달라지는 생활환경에
적응하기 바빠서 그랬는지 유년기의 기억이 특히 흐릿하다. 그래
도 초등학교 시절의 기억은 드믄 드믄 나는 데 비해 유치원 때 기
억은 거의 안개 낀 숲속에 들어선 것 마냥 희부옇다.

그런 가운데 딱 한 가지 제법 또렷한 그림으로 떠오르는 게 있
어서 열심히 더듬어 보니, 첫 영성체 때의 일이다. 사실 그마저도
초등학교 들어가서였는지, 유치원 다닐 때였는지 기억이 확실치
는 않다. 아무튼 내가 지닌 성당, 그러니까 왜관 성당과 그 부속
시설인 순심유치원과 관계된 유일한 기억은 이렇다.

첫영성체를 준비하기 위해 교리공부를 할 때였을 것이다. 수녀님은 아이들에게 성찬의 전례를 받드는 법을 설명하며 성체를 혹여 실수로 씹거나 부스러뜨려 붉은 피가 샘처럼 솟구쳐 입 안 가득 고이는 불상사를 경고했다.

두려움 가득한 마음으로 그 말씀을 새겨들은 나는 며칠 뒤에 있을 첫영성체 미사 때 내가 만의 하나 저지르게 될 지도 모를 무시무시한 '과실치사'에 대한 죄스러운 상상에 혼이 팔려 어떻게 집에 돌아왔는지도 모를 정도였다.

정신을 차려보니 나는 우리 집 앞집의 툇마루에 누워 있고 그 집 식구들이 빙 둘러 앉아 걱정스런 얼굴로 들여다보고 있었다. 내가 눈을 뜨고 일어나 앉으니 다들 안도하며 괜찮냐고 물었다. 나는 무슨 일이 일어났는지 모르겠는데 아래턱이 깨진 듯이 아팠다. 뭔가 말을 하려 입을 뗐으나 턱이 평소처럼 움직여 주질 않았다.

그때 누군가가 혀를 차며 딱해 했다. "우짜다가 텍 주가리를 거다 그래 처박았노!" 나중에 듣게 된 자초지종인즉, 내가 집으로 바로 안 가고 또래 친구인 그 집 딸을 찾아 왔다가 마루 밑에서 신을 벗느라 몸을 구부리는가 했더니 비명소리를 내며 바닥으로 나동그라졌다는 것이다. 고개를 들면서 마루턱에 턱을 있는 대로 갖다 부딪힌 것이었다.

별이 번쩍 하는 그 순간에도 내 뇌리에는 입안에서 끊어지는 아기 예수님의 몸통이 어른거렸던 듯하다. 하여간 나는 턱뼈에 금이 가서 퉁퉁 부어오른 보름달 같은 얼굴로 첫영성체를 치렀는데, 그 기념사진이 몇 안 되는 내 어린 시절 사진 중에 아직 남아 있다. 당시 나는 키만 크고 음지의 콩나물처럼 얼굴도 몸도 삐쩍 말랐던 아이였는데, 그 사진에서만은 다른 아이들 얼굴의 두 배는 됨직한 '얼큰이'가 되어 자그마하지만 똘똘해 뵈는 교리반 동무 옆에서 뭔가 걱정스럽고 얼빠진 표정으로 서있다. 대구에서 교구 사목활동을 하고 있는 장영일 그리산도 신부님이 바로 그 동무이다.

이처럼 약간의 불우한 추억이 곁들여 지긴 했지만, 나의 순심 유치원 시절은 이후로 다시는 누릴 수 없게 된 순수와 낙원의 시간이었다. 눈을 감고 그때를 떠올리니, 하얀 고깔모자를 쓰신 수녀님들, 이따금 라틴어로 미사를 집전하기도 하셨던 신부님들, 성탄절과 부활절을 세상에서 가장 크고 즐거운 잔치로 알았던 우리 유치원 동무들이 내 희미한 기억의 사진첩에서 흰 도라지꽃처럼 환하게 피어난다.

유년의 강江에서 저편 언덕을 바라보다

강물을 부드럽게 가르며 미끄러지듯 다가오고 있는 그 배는
아이의 작은 가슴을 두려움 섞인 묘한 동경으로 두근거리게 했다.

아이는 뒷집 탱자나무 울타리 너머로 멀리 붉은 철교와 전사자를 기리는 충혼탑이 바라다 보이는 강변 마을에서 살았다. 가을이 되면 강바람이 노랗게 영근 탱자의 쌉쌀한 향기를 아이네 집 뜨락에도 그득히 부려 놓았다. 그맘때면 아이는 공연히 마음이 들떠 학교에서 돌아오면 숙제만 대충대충 해 놓고 날마다 선창가로 내려갔다.

강나루 한 쪽에는 조약돌더미에 시멘트를 덮어씌워 만든 빨래터가 있었다. 밭일을 웬만큼 해놓고 한낮의 뙤약볕도 적당히 이울어진 즈음 양은 대야 한가득 빨랫거리를 끼고 나온 아낙들은 비비고 두들기고 헹구고 하는 부산한 손놀림 못지않게 입놀림도 바빴다.

아이는 그들 곁에 쪼그리고 앉아 질펀한 수다에 귀 기울이며

물장난을 하거나 나루 뒤쪽 둔치에 듬성듬성 늘어앉은 낚시꾼들 주변을 어정거리며 잡혀 올라오는 물고기들의 파닥거림을 구경하거나 했다. 그러나 대개는 강 모래톱과 그 위 채마밭을 경계 지으며 도열해 선 키 큰 포플러 나무 그늘 아래서 시시각각 빛을 바꾸는 강을 바라보며 고독한 몽상을 즐겼다.

그런 아이가 하루 중 제일 좋아하는 시간은 저물녘이었다. 그것은 검은 밤숲이 덩치 큰 충직한 짐승 마냥 고샅 목을 지키고 있는 강 건너 마을로 하루 대여섯 차례 왕복하는 나룻배가 마지막 손님들을 실어다 주고 돌아오는 시간이기도 했다. 그 배를 부리는 이는 뭐 그리 낭만적일 것도 없는 홀아비 뱃사공이었다.

빨래터의 아낙들이 저녁밥 지으러 갈 생각에 손놀림이 한층 더 부산해질 무렵, 은분홍 노을을 뒤로하고 잉어 비늘 같은 윤슬이 일렁이는 강물을 부드럽게 가르며 미끄러지듯 다가오고 있는 그 배는 아이의 작은 가슴을 두려움 섞인 묘한 동경으로 두근거리게 했다.

푹 눌러쓴 밀짚모자로 해서 얼굴이 반넘게 가려진 사공의 모습은 저무는 해의 역광 속에서 거뭇한 실루엣을 그리며 퍽이나 비현실적인 느낌을 주었다. 그 순간 아이는 또 몽상에 젖어 들었다.

'저 사공은 어둠이 내리기 전에 이제껏 아무도 가본 적 없는 곳으로 날 데려가려고 저렇게 부지런히 노를 저어 오고 있다. 그곳은 어떤 곳일까? 내가 사는 이곳보다 좋은 곳일까? 저 배를 타면 이곳에 있는 정들고 익숙한 것들과는 이제 영영 안녕인가? 아니면 언제든 다시 돌아올 수 있는 걸까?

갑자기 옆에서 와자지껄한 여자들 웃음소리와 함께 남자의 걸걸한 음성이 들렸다. 나루턱에 걸터앉아 고무신에 강물을 퍼올렸다 따랐다 하며 나이에 어울리지 않는 생뚱한 생각에 잠겨 있던 아이는 정신이 퍼뜩 들어 돌아다보았다. 어느새 당도했는지 사공 아저씨가 배를 갖다 대고 있었다.

"에이, 맨날 이놈의 나무 배 말고 너무 배 좀 타 봤으면 소원이 없겠네."

"와, 춘옥네가 배 좀 안 태와 주요?"

"모리는 소리 마소. 그 여편네, 장날은 소장수들 신경 쓰느라 내는 거들떠보도 안한다 카이."

사공 아저씨는 입맛을 쩝 다시며, 배를 나루에 매어 두고는 우시장이 있는 큰길로 이어지는 선창 길을 느릿느릿 올라갔다. 아이도 엉덩이를 손으로 털며 일어나 서너 걸음 뒤쳐져서 그를 따라갔다. 선창 길 중간쯤부터 따닥따닥 붙어선 술집 네 개가 열흘장 파장 후에 컬컬한 목과 출출한 속을 달래려는 장사꾼들로 오랜만에 북적거렸다. 사공 아저씨는 그 중 한 집을 삐끔히 들여다

보더니 가래침을 탁 뱉으며 돌아섰다. 아이는 또 궁금해졌다.

'아저씨는 왜 자기 배를 놔두고 남의 배를 타고 싶어 할까? 춘옥이란 아줌마는 어떤 배를 갖고 있길래 다들 그 배를 타고 싶어하는 걸까? 그 아줌마 배는 강 건너 밤숲 나루 말고 다른 먼 곳까지 다니기도 하는 걸까? 그럼 그곳은 또 어떤 곳일까?

사공 아저씨가 그 다음 주막으로 들어가 버리자 아이는 왠지 좀 서운한 기분이 들었다. 경사진 선창 길을 마저 달음질쳐 올라가 집 쪽으로 꺾어드는 큰길에 선 아이는 늘 그러듯이 한 번 더 강 쪽을 돌아다보았다.

사람들이 떠나고 난 빈 나루엔 그사이 짙어진 땅거미가 고즈넉이 내려 있고, 꽃다운 석양의 기운을 여읜 저녁 강은 은회색으로 서늘했으며, 강 건너 밤숲은 어둑해진 사위 속에서 낮과 달리 두렵고 비밀스러운 분위기를 풍겼다. 그때 어느 주막에선가 젓가락 장단에 맞춰 질러대는 여자의 새된 목소리가 들려 왔다.

"다앙신과 나아 사이에 저어 강이 어없었다아면~"

아이는 뒷소절을 따라 불렀다.

"저어 강이 어없었다아면~"

그러나 곧 머리를 흔들고 중얼거렸다.

"그럼 배가 못 다니고 멀리 바라다 볼 데도 없잖아."

이듬해 서울로 이사를 간 아이가 장성하여 십여 년 만에 고향의 강가를 다시 찾았을 때, 강은 옛 모습 그대로 유유히 흘러가고 있었다. 하지만 유년의 강가를 신비스럽고 풍요롭게 해주었던 우시장과 선창 주막들, 빨래터와 나룻배, 포플러 숲과 강 건너 밤숲은 이미 오래 전에 사라지고 없었다.

비누를 사다

하찮은 것부터 하나씩, 헤어져야 할 것과 헤어지리라.
옛 나여, 조금씩 안녕!

얼마 전까지 동네의 할인 마트에 가면 뭘 사든 안 사든 내가 꼭 들리는 코너가 있었다. 사실 살림 사는 주부로서 밝히기에 좀 '거시기' 한 그곳은 다름 아닌 주류 진열대였다. 돌아가신 아버지나 오빠들이 막내의 음주를 나무라지 않고 약간의 권장까지 하는 집안 분위기에서 자라난 데다 불행인지 다행인지 자다가도 술 냄새만 맡으면 벌떡 일어나는 주당 남편을 만났기에 잘 보존(?)되어 온 취미의 발로였다.

술을 살 필요가 있건 없건 공연히 그 앞을 기웃거리며 혹시 새로 출시된 술이라도 있는지, 같은 술이라도 병 포장이 달라지거나 도수가 달라진 바가 있는지 따위를 관찰하며 잠시 망중한에 빠져들곤 하는 것이다. 그런데 새해 들어 이른바 지천명의 나이가 되고 보니 그 습벽이 스스로도 좀 민망하게 여겨져서 속으로 은근히 결심한 바가 있었다.

그럼에도 엊그제 마트에 갔을 때 두 발이 절로 김유신의 애마처럼 이끌고 간 곳이 또 주류진열대 앞이었다. 어쩌랴, 발을 벨 수는 없고. 애꿎은 머리통만 한 대 아프게 쥐어박은 후 엉거주춤 돌아서는데 맞은 편 진열대에서 코끝을 스치는 상큼한 향기가 풍겨 나왔다.

가까이 다가서니 거기 갖가지 어여쁜 포장을 한 세숫비누들이 겉모양새만큼이나 다채로운 향기를 은은히 발산하면서 빼곡히 진열되어 있었다. 오이 비누, 살구 비누, 우유 비누, 인삼 비누, 알로에 비누, 올리브 비누, 녹차 비누. 쌀 비누, 율무 비누……. 고도 근시인 내 동공이 활짝 열리며 눈앞에 펼쳐진 비누의 세계를 생전 처음 접하는 풍경인 듯 경이롭게 바라보았다.

그리고 보니 이제껏 비누라면 어디선가 사은품으로 들어온 것 아니면 어려서부터 귀에 익숙한 특정 브랜드 한 가지만 노상 사서 썼을 뿐, 이토록 다양한 형태로 존재하는 비누들에 어째서 한 번도 눈길이 가지 않았던 건지! 수년간 다니는 그 마트에는 각각 제 나름의 향과 기능을 자랑하는 예쁜 비누들이 변함없이 그 진열대에 자리하고 있었건만 그 맞은 편의 유혹에 '팔린' 내 눈은 그것들을 보아도 보지 못했다는 얘기가 아니겠는가.

평소 소주에 담가둬 본 경험으로 그 효험을 익히 아는 오이가 주성분인 오이 비누 한 상자를 사 들고 집에 돌아오며 나는 마음이 여간 뿌듯하지 않았다. 풋풋한 오이 냄새 풍겨나는 박하색 비누로 새하얀 거품을 내어 손을 뽀득뽀득 씻으며 나는 어제의 '어떤' 나에게 조용히 작별을 고했다.

하찮은 것부터 하나씩, 헤어져야 할 것과 헤어지리라. 옛 나여, 조금씩 안녕!

가난한 즐거움

우리가 매미와 다른 점은,
생존만이 아닌 실존을 추구한다는 것이 아닐까.

 사람들은 대체로 힘들고 척박한 것보다 편하고, 여유로운 것에 더 쉽게 익숙해진다. 하지만 누구라도 잘 되짚어보면 힘들고 척박한 것을 고맙게 즐겼던 경우가 없지 않을 것이다.

 나도 그랬던 추억이 더러 있다. 그 중 하나가 미국에 유학 가는 남편을 따라가 지냈던 첫 한 달 동안의 일이다. 가까스로 첫 학기 학비와 최저 생활비만 마련해 오른 유학길이었다. 차 살 돈은 물론 약간의 여흥에 할애할 푼돈조차 없었던 우리는 어두워지면 집 안에 틀어박혀 긴긴 밤 시간을 오로지 책 몇 권과 중고 텔레비전에 의지해 보냈다.

 그나마 텔레비전은 당연히 모두 영어로 된 방송만 내보냈으므로 아직 영어에 귀가 열리지 않은 남편에겐 있으나마나 한 물건이었다. 그때 그 지루해 미칠 것 같은 타향의 밤을 구원해 준 것이 있으니, 바로 타고 온 비행기에서 기념품으로 준 화투 한 세트였다.

우리는 둘이서 밤마다 25전짜리 동전 몇 개를 걸고 내기 화투, 그것도 다른 것을 할 줄 모르는 나 때문에 민화투를 했다. 강호의 무술 고수들이 일생일대의 결전에 임하듯 우리는 비장했고, 보통 스무 판이 끝나는 새벽 한, 두시가 되면 25전짜리 동전을 다만 몇 개라도 더 차지하는 승자가 누군지 결정되곤 했다.

그러던 어느 날 판이 거진 끝나 가는데 그날따라 남편이 일방적으로 형편없이 깨져서 거의 5달러 상당의 승점이 내 것으로 기록되고 있었다. 제대로 열을 받은 남편이 어쩔 줄 몰라 하다가 급기야 화투판을 뒤집고 화투짝을 꺾어버려 판을 깨버리는 파행으로 치달았다.

우리는 십여 분쯤 서로를 쩨려보며 씩씩거렸다. 그러다 남편이 좀 진정이 되는지 자기 화구 첩을 뒤지더니 마분지를 꺼내 화투짝 크기로 48개의 종이쪽을 오려냈다. 그가 무슨 생각인지 알아챈 나는 화가 남편이 열심히 화투짝을 그려대고 있는 한 쪽에서 이미 그려진 것들에다 양초를 칠하기 시작했다.

1시간쯤 뒤 부부 합작으로 탄생한 한 벌의 수제 화투로 우리는 다시 시합에 들어갔다. 다시 스무 판 뒤 남편이 동전 세 닢쯤 이긴 상태에서 잠자리에 들려 하니 새벽 여명이 희부윰히 밝아오고 있었다. 그 후 우리는 차를 사고 아이를 곁에 데려오고 나서도 간간이 밤샘 화투를 하며 곤궁한 주머니 사정을 회심의 낙으로 바꾸곤 했다.

바야흐로 휴가철이다. 주변에서 모두들 어디론가 떠나고 있다. 나는 집안에 앉아 도심 아파트촌 매미들의 목숨 건 절창을 견디다 못해 악다구니를 친다. 그래 실컷 볶아치고 가거라, 이것들아! 하지만 매미들이 무슨 죄인가. 이번 여름에 계획했던 만주문학기행이 안내단의 사정으로 무산되는 바람에 본의 아니게 방구들을 지키게 된 욕구불만이 매미소리 못지않게 들끓고 있는 것이다. 지난 몇 년간 여름마다 해외여행을 나갔었기 때문에 나도 모르게 분수에 맞지 않는 습성이 붙은 탓이다.

우리가 매미와 다른 점은, 생존만이 아닌 실존을 추구한다는 것이 아닐까. 그냥 사는 것이 아니고 '잘' 사는 것에는 잘 노는 것도 포함될 터, 올 여름도 나는 가족과 내기 화투나 하며 안빈낙도 安貧樂道(?)를 즐겨볼까 한다.

의연한 덧없음, 부질없는 덧없음

오늘 피었다가 내일 아궁이에 던져질 들꽃도 그처럼 잘 차려 입히시거늘
하물며 너희야 얼마나 더 잘 입히시겠느냐?

유난히 지루했던 찜통더위도 한 풀 수그러들고 아침저녁
으로 소슬한 바람기가 느껴지니 가을이 오긴 오려나 보다. 해마
다 가을이 되면 풍요와 결실에 대한 흥그러운 기대에 젖기보다는
이미 세상을 달리하고 내 곁에 없는 이들에 대한 그리움으로 가
슴속에 때 아닌 결로현상이 일어난다.

그러나 어찌 나뿐이랴, 이 우수의 계절에 망자亡者에 대한 애모
로 소리 없이 무너져 내리는 사람이. 새벽에 잠 덜 깬 이마를 문
득 스치는 한 가닥 바람, 황혼녘에 일순간 뺨에 비쳤다가 사라지
는 한 줄기 잔광殘光…… 이따금 이런 미묘한 기운과의 접촉에서
도 떠나간 이를 느끼다가 곧 그 허망함에 진저리치는, 그런 사람
들에게 반갑고도 두려운 계절이 오고 있다.

엊그제 외출했다 돌아오는 길에 보도블록 위에서 보석처럼 찬

란한 빛을 발하며 눈길을 사로잡는 것이 있어 살펴보니 며칠 내린 비로 일찌감치 낙엽이 되어 나뒹굴고 있는 플라타너스 잎들이었다. 호박과 산호를 뒤섞은 듯한 바탕 빛깔에 그물처럼 펼쳐진 정교한 엽맥 위로 군데군데 생겨난 검은 얼룩들이 부패 아닌 숙성의 웅숭깊은 흔적인 양 여겨지는 잎새 하나하나가 그렇게 아름다울 수 없었다.

세상에, 누가 알아주겠다고! 감동이란 걸 해본 지 오래인 내 입에서 절로 탄식이 흘러 나왔다. 아무도 관심 갖지 않는 흔해빠진 가로수의, 그나마 철 이르게 도태돼 버린 한낱 이파리 주제에 무슨 영광을 보겠다고 저리 아름다운가!

'쓸모 있음에서 진리를 지나 아름다움으로…….' 삶의 궁극적 지향에 대해 괴테는 그렇게 표현을 했다. 모든 생명이 필연적으로 맞닥뜨리는 진리인 죽음을 자기 존재가 구현할 수 있는 최선의 아름다움으로 영접하고 있는 낙엽들! 나의 무딘 감성에도 그 미미한 존재들이 증거하는 소멸의 미학美學이 눈물겹게 다가왔다.

소멸의 미학. 사실 수많은 예술가와 문예가들이 그것에 대한 수사修辭의 역사를 이루어 놓았지만 예수께서 말씀하신 다음 한 마디처럼 멋진 표현을 나는 알지 못한다. '오늘 피었다가 내일 아궁이에 던져질 들꽃도 그처럼 잘 차려 입히시거늘 하물며 너희야 얼마나 더 잘 입히시겠느냐?' 내 짧은 소견에 그 말씀은 무릇 존재의 덧없음과 그 덧없음으로 하여 아름다울 수 있는 역설적 이치를 명징하게 드러내고 있다고 여겨진다.

낙엽이나 들꽃은 자신이 언제 땅에 떨어질 지에 대해 걱정하지 않는다. 다만 비나 바람이 불어와 떨어뜨리면 그냥 떨어질 뿐이다. 그리고 기꺼이 사라질 뿐이다. 그런데 하느님께서 비할 데 없이 잘 차려 입히시는 우리 인간들에겐 자기 존재의 덧없음을 받아들임에 있어 낙엽이나 들꽃의 의연함이 없다. 그 가꾸심과 채워 주심이 큰 만큼 잃음과 비움도 상대적으로 커서 그러한 걸까?

아무튼 우리는 자신이나 사랑하는 이들에게서 소멸의 징후를 발견하면 몸부림을 친다. 그런데 그것이 때 이른 나이에 찾아온 뜻밖의 사고나 질병으로 인한 경우에는 당연하다고 생각되나 살 만큼 살고 인생의 영고성쇠를 겪을 만큼 겪고 난 나이에서도 예외가 드물다는 데 문제가 있다. 우선 나부터도 집안의 연만하신 어른들의 빠르게 노쇠 하는 모습을 바라보며 때로 한없이 우울해지는 자신을 발견한다. 아마도 나를 아끼고 사랑해 주는 그들이 사라지고 없는 세상에서 느끼게 될 공백에 대한 것이기도 하겠지만 언젠가 나 자신도 맞게 될 소멸의 순간을 미리 두려워하는 측면도 없지 않을 것이다.

이렇듯 인간은 늘 소멸에 대한 걱정 속에서 살아간다. 살아가는 것에만 열중해도 턱없이 모자랄 인생의 많은 시간을 죽음을 걱정하는 데다 허비하는 것이다. 요즈음 유전공학이며 유전체혁명에 열을 올리는 것도 결국 인간 수명을 어떻게든 늘려 보려는 소치가 아니겠는가. 그렇게 해서 아브라함 시대의 사람들이나 고대 중국의 양생법을 익힌 도인들처럼 수백 년을 산다 한들 어차피 영생은 못될진대 소멸의 걱정이 덜어지겠는가? 오랫동안 살아 있는 인간들을 수용하느라 이 지구별은 또 얼마나 몸살을 앓겠는가? 그러니 늦춰진 소멸도 걱정거리이기는 마찬가지일 터.

철 이른 낙엽에 대한 감상이 어쩌다 여기에 이르고 보니 문득 십년 전 미국에서 겪었던 웃지 못 할 에피소드가 떠오른다. 그 곳에서 생활한 지 몇 달 안 되었을 때의 얘기다. 어느 날 저녁 나와 남편은 텔레비전을 켰는데 마침 국방장관이 긴급발표라는 걸 하고 있었다. 긴장하고 귀를 기울이니 이게 무슨 날벼락 같은 소리! 어딘지 모를 외계의 별에서 미사일 크기의 혜성처럼 생긴 폭격기를 지구를 향해 무더기로 쏘아 보내고 있다는 것이었다. 미 국방성에서는 전 국방력을 동원하여 외계의 기습을 격퇴시킬 비상 작전을 펼치고 있으며, 그 성공 여부는 십 분 뒤면 판가름이 난다고 발표했다.

우리 부부는 반사적으로 창밖을 내다 봤으나 밤하늘엔 그 어떤 인류사적 재앙의 조짐도 나타나 있지 않고 멀리 바라보이는 북태평양의 등대 불빛만 아련히 반짝이고 있었다. 텔레비전에서는 당시 러시아에 방문 중이던 미 대통령의 대국민 발표 위성중계에 이어 각국의 대응상황을 숨 가쁘게 돌아가며 방영했다.

그리고 사이사이 펜타곤 기지와 나사본부의 대형 위성수신 화면을 비춰 줬는데 그 화면들에서 빠르게 움직이는 점처럼 보이는 빛덩어리들이 점점 수를 늘려가면서 떠오르고 있었다. 그러다가 국방성에서 예고한 십 분이 채 되기 전에 그 빛덩어리들의 수는 기하급수적으로 늘어나서 급기야는 화면 전체를 가득 덮을 정도가 되었다. 다음 순간 펜타곤 현장의 '통제 불가' 어쩌고 하는 긴박한 교신음이 얼핏 들리는가 싶더니만 텔레비전이 지지직하는 소음을 내면서 화면의 모든 영상이 사라져 버렸다. 실패다! 지구는 이제 끝장이다!

우리는 순간 말을 잃고 서로를 쳐다보다가 약속이라도 한 듯 아이가 자고 있는 방으로 향했다. 아무 것도 모르고 지극히 평안한 모습으로 잠들어 있는 아이를 보고 내가 먼저 입을 열었다. 깨울까? 남편이 가만히 고개를 흔들었다. 끝이면 끝인 거야. 한 3-4초 흘렀을까? 영원처럼 느껴지던 그 시간에 나는 정말 아무렇지도 않았다. 그래, 그렇군. 내가 고개를 끄덕이며 말했다. 그 때 전화벨이 울렸다.

이웃의 전화로 헤어나게 된 가상현실의 실제는 이랬다. 우리는 컴퓨터 그래픽으로 미 정부 수뇌들을 위시한 실제 인물들의 얼굴 위에 연출된 목소리와 인공적 상황을 교묘하게 합성시킨 공상과학영화를 보았던 것이다. 당시 첨단 영상테크놀로지에 대해 어찌나 무식했던지 다른 채널로 한 번 돌려볼 생각도 안 할 정도로 한 점 의혹 없이 지구의 종말을 태연히 맞고 있었던 두 바보 중의 하나가 지금 소멸의 두려움 운운 하고 있는 나다.

그때의 나는 분명 가을바람에 미련 없이 떨어지는 낙엽처럼 의연했다. 그때 소멸되지 않고 십 년째 더 살고 있는 지금의 나는 어떤가? 이제 그 의연함은 흔적도 없을 뿐더러 닥치지도 않은 일들을 끊임없이 걱정하며 산다. 게다가 이런 자를 하느님께서 계속 잘 차려 입혀 주실까 하는 걱정까지 하고 사는 나는 얼마나 부질없는 덧없음인가.

국립중앙도서관 출판시도서목록(CIP)
바늘구멍으로 걸어간 낙타 : 구자명에세이 / 구
자명. -- 서울 : 우리글, 2009   p. ;   cm
ISBN 978-89-6426-002-9 03810 : \9500
한국 현대 수필[韓國現代隨筆]
814.6-KDC4   745-DDC21
                                    CIP2009003570

바늘구멍으로 걸어간 낙타

펴낸날 | 2009년 12월 1일 • 1판 1쇄
          2010년 1월 20일 • 1판 2쇄
지은이 | 구자명
펴낸이 | 김소양
편집주간 | 김삼주
편집 | 이윤희, 김소영, 김성희

펴낸곳 | 도서출판 우리글 • 전화 | 02-566-3410 • 팩스 | 02-566-1164
주소 | 서울시 강남구 역삼동 837-17 삼성애니텔 1001호
이메일 | wrigle@wrigle.com • 홈페이지 | http://www.wrigle.com
블로그 | blog.naver.com/wrigle
출판등록 | 1998년 6월 3일 제03-01074호

인쇄 · 제본 | 한영문화사 • 전화 | 031-906-5995 • 팩스 | 031-901-2649

도서출판 우리글 2010
Printed in Seoul, Korea

ISBN 978-89-6426-002-9

* 잘못된 책은 바꾸어 드립니다.
* 책값은 뒤표지에 있습니다.